FAIRE MOUCHE

DU MÊME AUTEUR

MA CHÈRE LISE, *roman*, 2011
UN ÉTÉ, *roman*, 2015 (« double », n° 108)
FAIRE MOUCHE, *roman*, 2018

VINCENT ALMENDROS

FAIRE MOUCHE

LES ÉDITIONS DE MINUIT

www.leseditionsdeminuit.fr

ISBN : 978-2-7073-4718-3

À Nestor Almendros

Il y a des souvenirs qu'on ne partage pas.

Jean-Paul SARTRE, *Les Mouches*

I

J'avais été, jusque-là, un homme sans histoire. Peut-être parce que j'étais né dans un village isolé, au milieu de rien. Car c'était ça, Saint-Fourneau, un trou perdu. Y revenir m'avait toujours paru compliqué. Il faut dire que ma mère, elle, y vivait encore.

Nous venions, Claire et moi, de quitter l'A75. Le soir était tombé. Les phares de la Nissan éclairaient maintenant la départementale en lacets. Depuis plusieurs kilomètres, nous ne croisions plus aucune voiture. Le paysage était devenu escarpé et montagneux, composé d'à-pics ou de reliefs rocheux boursouflés de végétation. Il se vallonna de nouveau, et les premiers panneaux indiquant Saint-Fourneau apparurent.

Lorsque, dans la nuit, je distinguai en contrebas de la route le champ de la Métairie, je ralentis, enclenchai le clignotant et bifurquai sur la droite pour descendre la pente goudronnée qui menait au hameau. La voie se rétrécit. Les roues de la voiture écrasèrent des gravillons. À faible allure, j'allai me garer devant un abri, où, sous une bâche, s'entassait du bois.

J'éteignis le moteur.

Mon cou était raide. Je me massai la nuque. J'étais fatigué par le voyage, mais tout s'était déroulé sans encombre. Je me tournai vers Claire, qui, à côté de moi, ne bougeait pas. Elle avait incliné le dossier de son siège vers l'arrière. Je ne voulus pas la réveiller tout de suite.

Je pris le temps de regarder le hameau, la silhouette de la maison et l'obscurité autour. J'attendis encore un peu, profitant de cet instant où il ne se passait rien, où il ne pouvait rien se passer, puis je finis par poser ma main sur l'épaule de Claire.

On est arrivé, dis-je.

À tâtons dans le noir, je cherchai l'interrupteur en laissant ma main glisser sur le mur.

J'allumai.

C'était toujours le même papier peint, avec des églantines rose-thé reliées entre elles par de longues tiges vertes. Ces motifs floraux se répétaient, à intervalles réguliers, de manière à former, sur chaque pan de mur, un vaste système vasculaire. C'est mieux que ce que tu avais décrit, dit Claire en découvrant sa chambre, puis elle posa sa valise contre le flanc d'une commode.

Après avoir tiré les rideaux, j'ouvris la fenêtre pour aérer. Dehors, l'air était lourd, densifié par une pesante moiteur. On entendait le grésillement sec et électrique d'insectes qui vibrionnaient dans cette chaude nuit d'août.

Mets-toi à l'aise, dis-je.

Claire alla s'asseoir sur le vieux lit de campagne, dont le bois sombre obscurcissait la pièce. Jouant avec le poids de son corps, elle s'enfonça plusieurs fois dans le matelas pour en éprouver la qualité.

Je t'avais prévenue, c'est rustique.

Elle s'assena, avec le plat de la main, un coup sec sur l'épaule. Zut, dit-elle, il y a des moustiques.

Je refermai la fenêtre et lui proposai de lui montrer la salle de bains.

Après quelques hésitations, la lumière apparut, blanche et crue, dans un tube à néon, éclairant l'affreux carrelage mural. Il y a une baignoire, c'est bien, dit-elle en se tournant vers moi.

Je ne répondis rien, mais lui souris.

Et toi, tu dors où ?

La porte juste là, dis-je en ressortant de la salle de bains pour lui indiquer l'autre extrémité du couloir.

Elle me suivit.

Nous vîmes tout de suite que le ménage n'avait pas été fait. Le parquet, qui craquait à certains endroits, paraissait poussiéreux dans la chambre du fond, d'invisibles particules flottaient en suspension dans l'air, et on pouvait imaginer la présence de moutons sous les meubles.

Tu veux que je t'aide pour le lit ? me demanda Claire en constatant que le matelas reposait à nu, sans couette, sur le sommier.

Non, ça va aller, dis-je.

Je posai ma valise dans un angle avant de placer la housse de mon costume sur le dossier d'une chaise. Je regardai autour de moi les murs blancs, puis allai ouvrir une armoire, dont l'intérieur était garni de tablettes où s'étageait du linge. Je pris une paire de draps rêches, une couverture, ainsi qu'un couvre-lit matelassé et deux taies d'oreiller. Il s'exhalait de tout cela une forte odeur de naphtaline et d'humidité.

Claire me demanda si c'était ma chambre d'enfant. Je lui dis que non. Quand je revenais ici, l'été, avec mes grands-parents, je dormais dans la chambre à fleurs.

Et ta mère ?

Je ne répondis pas, car, les bras chargés, je venais de remarquer quelque chose au sol, près de la fenêtre. Je m'approchai.

Qu'est-ce que c'est ?

C'étaient des mouches. Cinq mouches mortes qui reposaient en famille sur les lames du parquet. Leurs corps très noirs étaient argentés par de délicates ailes transparentes. Je me demandais si elles étaient tombées d'épuisement à force de voler. Et soudain, je relevai la tête.

J'avais bien entendu.

On venait de toquer contre la porte, en bas, trois coups secs avec le heurtoir.

Nous restâmes un instant sans bouger. Puis Claire s'approcha. Elle voulut savoir s'il fallait qu'elle vienne avec moi. Comme elle avait chuchoté sa phrase, je me mis à parler moi aussi à voix basse.

Attends un peu, dis-je. Et si c'est lui, rejoins-moi.

Je pensai à éteindre la chambre en sortant. Claire me suivit dans le couloir et me regarda descendre les marches, prudemment, en me tenant à la rampe. Arrivé en bas, j'allai ouvrir la porte d'entrée.

C'était lui.

Il était là, devant moi, vivant.

Hé, dit-il.

Je le reconnaissais à peine. Sous son épaisse tignasse blanche, sa figure rougeaude de paysan était bouffie.

Entre, dis-je.

Avec son ventre gonflé, sa veste de survêtement enfilée à la va-vite sur une chemise limée aux plis, mon oncle ressemblait à un vieil entraîneur de club de foot à la retraite.

Alors ? me demanda-t-il en s'avançant, puis il posa une main sur mon épaule. C'était moins un geste de tendresse que la nécessité de prendre appui sur moi. Il m'embrassa sur les joues. Les siennes, mal rasées, piquaient. Il sentait le tabac.

Tu ne dors pas ? Il est tard.

Hé, pardi, je vous attendais.

J'avais oublié à quel point son accent était roulant et rocailleux.

On vient tout juste d'arriver, dis-je.

Je sais. J'ai entendu la voiture.

Il regarda autour de lui comme s'il redécouvrait la maison. Pour lui aussi, elle devait être pleine de souvenirs.

Viens, suis-moi, dis-je.

Nous entrâmes dans la cuisine. J'avais remarqué que ses yeux brillaient. Je lui demandai s'il voulait que j'ouvre une bouteille de vin, mais il leva la main en signe de refus.

J'ai arrêté, dit-il.

Je hochai la tête d'approbation. Le bord de ses paupières était luisant, le bout de son nez enflé. Sa peau, très rouge et grumeleuse dans le cou, me faisait penser à celle des dindons qui traînaient autrefois en liberté dans le hameau. Ça ne se voyait pas vraiment qu'il avait arrêté de boire. Mais j'étais content de le revoir. Je m'assis face à lui, de l'autre côté de la table. Un premier silence s'installa entre nous.

Alors ? reprit-il soudain de sa voix rêche.

Ça va bien, dis-je.

Je remarquai qu'il portait toujours sa chevalière dorée à l'annulaire, sur le chaton de laquelle le « M » de Malèvre était gravé.

Hé, ça faisait combien de temps qu'on ne s'était pas vu ? Son ton bourru pouvait laisser penser à un reproche.

Je ne sais pas, dis-je, je n'ai pas compté.

Ce n'était pas vrai. Mais je n'avais pas envie d'évoquer d'événement précis.

Tu verras, ici ça n'a pas trop changé, poursuivit-il en regardant de nouveau autour de lui, et je me dis que ce devait être lui qui s'occupait de l'entretien de cette maison, car, malgré les années et bien qu'inhabitée, elle tenait encore debout.

Mon oncle se mit à acquiescer doucement,

scandant par ces mouvements de tête le silence qui recommençait à gagner du terrain. Je souris pour me donner une contenance. Claire tardait à descendre.

Et toi, comment vas-tu ?

Ma foi, dit-il en haussant les épaules. Sous sa chemise dépassait le liseré blanc d'un tricot de peau. Que veux-tu, c'est comme ça, enchaîna-t-il en sortant de la poche béante de son pantalon un paquet souple de Gauloises sans filtre. Tout en portant une cigarette à ses lèvres, il m'expliqua que, de toute façon, les médecins ne savaient rien.

Plus qu'une caractéristique familiale, j'avais longtemps cru que cette défiance envers le corps médical était une extravagance de la campagne. Quand il les eut jointes pour former une sorte d'abri, je vis que ses mains tremblaient. Son briquet fonctionnait mal. Il dut s'y reprendre plusieurs fois.

Vous avez fait bonne route ? mâchonna-t-il.

C'était long, on a mis presque neuf heures. Ça roulait mal vers Grisac.

Hé, c'est toujours vers Grisac que ça coince, dit-il en plissant les yeux à cause de la fumée âcre qui s'échappait de la cigarette et emplissait la cuisine d'un voile.

Oui, c'est vrai, dis-je.

Je regardai discrètement ma montre. Je me demandais ce que fichait Claire.

Il fait chaud, non ? dis-je en défaisant un bouton de ma chemise.

Avec un aplomb d'autochtone, mon oncle m'assura qu'il pleuvrait demain dans la matinée. Mais, l'après-midi, la chaleur allait revenir. Il ferait chaud. Très chaud.

Ah, dis-je.

En revanche, il ne savait pas si nous aurions beau temps pour le mariage.

Espérons, dis-je.

Il y eut encore un blanc dans la conversation. Puis il reprit.

Hé, alors, ça te fait quoi, à toi, qu'elle se marie ?

C'est drôle, dis-je.

Drôle n'était pas le mot. Mais je n'allais pas dire la vérité à mon oncle. Lui dire que je n'avais pas envie de revoir ma cousine. Et encore moins ma mère. Que c'était parce qu'il allait mourir que j'étais revenu.

C'était inespéré, hein ? poursuivit-il avec un rictus railleur pour souligner que Lucie n'avait plus vingt ans. Il aimait se moquer de sa fille, mais j'étais certain que, sous ses airs acariâtres et revêches, il était content que ce mariage ait lieu. J'avais toujours songé que, malgré tout, il était attaché aux traditions. Et vous ?

Nous ?

Oui, vous, l'enfant, c'est pour quand ?

Oh, dans six mois, dis-je en baissant la tête, on a encore le temps.

Mon oncle rétorqua que lui non, il n'avait plus le temps.

Allons, allons, qu'est-ce que tu racontes.

Hé, je le sais, c'est comme ça. Qu'on le veuille ou non, dans six mois, je ne serai plus là.

Je ne cherchai pas, cette fois, à le contredire. Je m'obscurcis. Même s'il avait vécu encore longtemps, il n'aurait jamais vu cet enfant.

C'est un garçon que vous attendez ?

C'est trop tôt pour le savoir, dis-je, et pour dissimuler la tristesse sourde qui me gagnait, je me levai pour chercher un cendrier. Ah, dis-je après avoir entendu des pas dans l'escalier, voilà Constance qui arrive.

Les pas se rapprochèrent. Toujours assis, mon oncle fixa l'embrasure de la porte de la cuisine pour guetter l'arrivée de Constance. Claire apparut, affichant un sourire enjoué.

Excusez-moi, dit-elle, j'étais au téléphone.

Mon oncle se leva péniblement de sa chaise. Je lui désignai Claire de la main.

Je te présente Constance, dis-je.

Il y eut un moment de flottement, quelques secondes durant lesquelles tous deux hésitèrent à se serrer la main. On ne pouvait désormais plus revenir en arrière. Je me demandai si ce que nous étions en train de faire n'était pas vain ou bien complètement idiot. Mais, quand Claire avait une idée, on ne pouvait plus l'en détourner. Et puis, soyons honnête, ça m'arrangeait bien.

Elle s'avança vers mon oncle. Roland, dit-il en se laissant embrasser. C'était la première fois que je l'entendais dire son prénom. Constance, répéta Claire, après quoi elle contourna la table pour venir s'asseoir tout près de moi. Elle s'était changée et portait une robe gris de lin avec de fines bretelles et décolletée en V. C'était trop habillé, mais peut-être cette robe lui donnait-elle de l'assurance.

Roland lui demanda si elle connaissait la région. Claire répondit que non, mais, en se tournant vers moi, elle ajouta qu'on aurait peut-être le temps de découvrir les environs. J'acquiesçai, feignant d'accueillir favorablement cette proposition, tout en sachant très bien que je n'avais pas l'intention de me promener durant ces trois jours.

On pourrait aller aux champignons, suggéra Roland en écrasant sa cigarette dans le cendrier, jetant dans le même temps, à la dérobée, un coup d'œil vers Claire.

J'essayai de me mettre à sa place et de la regarder en imaginant qu'elle s'appelait Constance et que moi aussi je la découvrais. Mais son visage m'était trop familier. Claire était devenue sans mystère avec les années. Elle me sourit. Je lui étais reconnaissant d'être là. Sa présence, je m'en rendais compte, adoucissait les choses.

Pour ne pas avoir à parler d'elle, Claire posa beaucoup de questions à Roland et fut vite déstabilisée par les silences de celui-ci. La timidité de mon oncle lui donnait un air craintif. Peut-être pour désamorcer sa méfiance, Claire se mit alors à modifier légèrement sa façon de parler. Elle privilégia les phrases courtes. Mais Roland, lui, répondit d'une manière encore plus heurtée. Lorsqu'à son tour il la questionna, avec cette rudesse qui lui était naturelle, on eût dit qu'il se livrait à un véritable interrogatoire de police. Vous vous y connaissez, en champignons ?

Pas du tout, s'excusa Claire en ouvrant de grands yeux désolés.

Parce que Laurent, lui, il s'y connaît, ajouta-t-il en se tournant vers moi.

Il m'avait caché ça, dit-elle.

Tous les étés, reprit mon oncle d'une voix martiale, je l'emmenais aux champignons. Tu te souviens ? On partait tous les deux, sans les vieux.

Cela faisait longtemps que je n'avais pas entendu Roland appeler mes grands-parents « les vieux ». À l'époque, il les appelait ainsi pour flatter chez moi un désir malsain d'émancipation.

Bon, dit-il soudain, et il se releva de sa chaise. Il est tard, je vais remonter.

Le bas de sa tenue, un treillis kaki rembourré de poches latérales et de hautes bottes en caoutchouc crottées de terre, contrastait avec sa veste de survêtement et lui donnait l'allure d'un chasseur égaré.

On se voit demain, dis-je en me levant à mon tour pour le raccompagner, suivi de Claire, dont la robe accentuait la saleté des frusques de mon oncle.

Avant de partir, Roland s'arrêta au pied de l'étroit escalier en bois. Il posa une main sur la rampe. La tête relevée en direction de l'étage, il me demanda si nous avions tout ce qu'il fallait.

Oui, dis-je, nous allions défaire nos valises

et nous coucher. Je me félicitai d'avoir pensé à éteindre la chambre du fond, car Roland continuait d'inspecter les lieux comme s'il cherchait à découvrir quelque chose. Je craignais qu'il ne monte et ne voie qu'on ne dormait pas ensemble, Claire et moi. Je n'avais pas envie de me justifier.

Ta mère m'a dit qu'elle était venue faire du ménage, dit-il.

Oui, c'est gentil à elle, répondis-je en repensant aux mouches mortes sur le parquet.

Si vous avez besoin de quoi que ce soit, ajouta-t-il.

J'avais envie qu'il s'en aille.

Tout va bien, exagérai-je.

J'étais en train de me brosser les dents lorsqu'elle entra en nuisette dans la salle de bains. Elle déposa sa trousse de toilette sur la margelle du lavabo, examina un instant son visage dans le miroir, sous divers angles. Elle tourna la tête, releva le menton, puis, tout en fouillant dans sa trousse, me demanda ce que ça me faisait de revenir dans cette maison.

Oh, rien, dis-je.

Quelques mois plus tôt, si on m'avait dit que ce serait son visage et non celui de Constance que je verrais dans le miroir de cette salle de bains, je n'y aurais pas cru. J'en ressentis une sorte de vertige. Je repensai à l'époque où, étudiants, Claire et moi avions vécu ensemble en colocation.

Tu es parti à quel âge déjà ?

J'ôtai la brosse à dents de ma bouche.

Vers dix ans, dis-je.

Tout en se frottant les paupières avec un

disque de coton, elle me dit que ça ne devait pas être facile, à dix ans, d'être séparé de sa mère.

Je lui demandai pardon.

Elle s'écarta.

Je me penchai, crachai dans le lavabo, puis fis couler l'eau pour me rincer la bouche.

Tu es allé chez tes grands-parents tout de suite après la mort de ton père ?

Non, non, avant, dis-je.

Je me redressai, m'essuyai les mains et la bouche dans une serviette éponge rugueuse. Contrairement à moi, Claire aimait bien évoquer le passé.

À ses pieds, elle chercha une poubelle pour jeter son coton.

Là, dis-je.

Mais tu es parti parce qu'il était malade, c'est ça ?

Non, non, dis-je. Parce que ma mère m'avait empoisonné.

Elle pouffa.

C'est quoi, cette histoire ?

Je lui racontai qu'un jour ma mère m'avait donné à boire de l'eau de Javel. Claire crut que je plaisantais. J'ajoutai qu'on avait dû m'emmener en urgence à l'hôpital, où l'on m'avait expressément interdit de vomir pour ne pas brûler l'œsophage.

Elle l'avait fait exprès ?

Je toussotai.

Je ne crois pas, avouai-je, avant d'ajouter qu'après ça mes grands-parents avaient décidé de m'emmener vivre chez eux. Mais, par souci d'honnêteté, je précisai que ça correspondait à l'année de mon entrée au collège.

À Clermont-Ferrand ?

Oui, à Clermont-Ferrand, dis-je.

Ces souvenirs étaient si anciens que j'avais le sentiment de les inventer.

Claire se tut et retira une à une les épingles de ses cheveux.

C'était tout ce que j'avais trouvé. Une vieille cafetière italienne, avec son corps en aluminium et sa poignée noire en bakélite légèrement dévissée. Je l'avais posée sur la plaque de la gazinière et j'attendais que l'eau monte. J'essayais de faire le moins de bruit possible.

Après quelques minutes, je retirai la cafetière du feu et remplis de café chaud un mazagran en porcelaine épaisse. Puis je m'assis en attendant que Claire se lève. Je m'efforçais, depuis une semaine, d'éviter ces moments de creux durant lesquels je pensais fatalement à Constance. J'ignorais où elle était. Je sortis mon téléphone. L'écran indiquait qu'il n'y avait presque pas de réseau. On captait mal dans la maison. Mais personne ne m'avait appelé. Je replaçai l'appareil dans ma poche.

Je me sentis soudain seul, puis sale. J'eus envie de prendre une douche, mais il valait mieux attendre que Claire soit réveillée.

Je regardai, par la fenêtre de la cuisine, le

ciel bas, d'un gris très clair, presque incolore. J'approchai le mazagran de ma bouche et soufflai dessus. Puis je bus une gorgée.

Le café n'était pas bon. Je me relevai pour aller le vider dans l'évier, après quoi j'ouvris une fenêtre pour aérer à cause de l'odeur de cigarette. Dehors, des oiseaux sifflotaient dans le petit jour, répétant des phrases aiguës, insouciantes, qui semblaient s'amuser avec le silence de la campagne. J'inspirai à pleins poumons comme pour me purifier. J'entendis alors le parquet craquer à l'étage. Claire s'était levée. Des pas allaient et venaient dans la chambre. J'hésitai à refaire du café pour qu'il soit meilleur, puis abandonnai l'idée, préférant chercher dans différents placards de quoi faire du ménage dans la chambre où j'avais dormi. J'avais besoin de sortir de mon inertie. Et, pour tout dire, je repensais aux mouches. Je ne les avais pas enlevées. Elles m'étaient sorties de la tête.

Une fois dehors, comme il pleuviotait, Claire remonta aussitôt la capuche du coupe-vent que je lui avais prêté. Une main posée sur la tête, elle regarda autour d'elle. La nature semblait avoir poussé n'importe où, spontanée et enthousiaste. Partout, c'était le vert qui dominait, un vert vif et mouillé. Le vert des arbres, le vert de l'herbe, le vert de la mousse qui s'insinuait entre le feuilleté des pierres. À la lumière du jour, je remarquai que les volets des autres maisons étaient fermés et de guingois. Les serrures des portes, les ferrures, les pentures, tout était rouillé. Même les escaliers se lézardaient. Une branche trop lourde s'affaissait sur la tôle ondulée d'un abri laissé à l'abandon. Visiblement, plus personne n'habitait le hameau. J'eus pourtant le sentiment qu'on nous épiait.

Allez, viens, dis-je.

Nous remontâmes à pied le chemin tordu qui menait à la maison de mon oncle. Nous arrivâmes devant un terrain incliné et jonché de caillasses, où un vieil épagneul aux oreilles pendantes était couché. En nous voyant, l'animal se leva dans un bruit de chaîne. Ses flancs étaient creusés et son pelage peluchait. Il boitilla en venant vers nous. Retenu par son attache, il se mit à aboyer, un aboiement plaintif que l'âge enrouait, puis, dressé sur son bout de terre caillouteuse, il nous regarda pousser, dans un grincement, le vieux portail rouillé.

Derrière la niche, une baignoire de zinc avait été entreposée, abandonnée là telle une barque renversée. D'autres vieilleries délaissées envahissaient les abords de la maison, une chaise dépaillée, une jarre et un arrosoir, tout un éventaire d'objets endommagés, ébréchés ou hâtivement rafistolés qui donnait au lieu des allures de brocante ou de déchetterie. Même les fleurs en pot avaient revêtu un aspect sauvage en proliférant. C'était au milieu de ce bric-à-brac que se tenait, pas très haute, la maison de mon oncle, avec sa façade bétonnée de gris et ses volets châtains, son toit noir sur lequel la pluie continuait de tomber avant de s'en aller ruisseler dans les gouttières.

Une volée de marches descendait jusqu'à une véranda blanche. Nous entrâmes dans ce réduit vitré, à l'intérieur duquel régnait une atmosphère de serre froide. Claire dégagea sa tête du capuchon tandis que j'écartais les lanières de plastique multicolores du rideau d'entrée.

Je frappai trois coups à la porte de la maison. On entendait les gouttes crépiter sur les parois supérieures de la véranda. Claire souriait à côté de moi, prête à entrer, pour la seconde fois, dans la peau de Constance. Je m'efforçai de lui sourire en retour, puis je toquai à nouveau, trois coups.

Je voulus m'approcher de la fenêtre pour vérifier s'il y avait quelqu'un à l'intérieur de la maison, mais l'accès était rendu incommode par la présence, dans la véranda, d'un guéridon sur lequel était posé un cageot rempli d'un monticule d'épluchures de pommes de terre. Je dus me pencher en évitant de renverser un pot de fleurs. Derrière un rideau blanc ajouré, je reconnus la longue table de la cuisine. Mais il n'y avait personne, ni aucune lumière dans la maison.

Bon, dis-je, ils ne sont pas là.

En sortant de la véranda, alors que nous nous apprêtions à repartir, j'aperçus, tout au fond du potager, la silhouette de Roland, de dos, sous la pluie. Son corps était immobile comme un épouvantail. Soudain, il se retourna en terminant de reboutonner son pantalon. En nous découvrant, il nous adressa un signe de tête, de loin, en guise de bonjour, puis il vint à notre rencontre.

Hé, déjà levés ?

Peut-être parce qu'il portait les mêmes vêtements, mon oncle me parut encore plus déguenillé que la veille, et même négligé avec sa barbe de trois jours et ses cheveux blancs aplatis par la pluie.

Je n'arrête pas de pisser, dit-il. Je pisse tous les quarts d'heure, précisa-t-il. Il haussa les épaules. C'est comme ça.

Il descendit une à une les marches du perron en écartant les bras pour ne pas perdre l'équilibre.

Ta mère est à l'intérieur, dit-il en ouvrant la première porte, celle de la véranda, puis la seconde, celle de la maison.

J'ai frappé, dis-je.

Elle n'a pas dû entendre, repartit-il en s'essuyant les pieds sur un épais tapis-brosse.

La pièce principale, mi-cuisine, mi-salle à manger, baignait déjà dans une lumière sale de fin de journée. Roland avait retiré ses hautes bottes en caoutchouc barbouillées de terre humide. Il les laissa dans l'entrée, les troquant contre une paire de charentaises aplaties, dont l'empeigne laineuse imitait un tissu écossais. Claire et moi dégouttions sur le paillasson.

Tenez, vous pouvez accrocher vos manteaux ici.

Je ne pouvais dire si les meubles ou la couleur des murs étaient les mêmes qu'autrefois, mais l'odeur oui, une odeur indistincte de poireaux cuits, de chou ou de soupe, qui avait toujours envahi cette vaste pièce, ou l'imprégnait plutôt, car le four était éteint et rien ne traînait sur la gazinière ni sur le plan de travail. Nous relevâmes soudain la tête, car on venait d'entendre le plancher craquer à l'étage.

Tiens, un revenant, dit-elle.

En contrejour, la silhouette de ma mère venait d'apparaître de profil en haut de l'escalier. Une main sur la rampe, elle descendit quelques marches, puis, arrivée sur le palier intermédiaire, là où l'escalier changeait de direction et nous faisait face, elle marqua un temps d'arrêt en nous considérant un instant à distance, Claire et moi, plantés dans l'entrée.

Éclaire, dit-elle en regardant Roland, on n'y voit rien.

Mon oncle, qui avait baissé la tête, avança en traînant les pieds jusqu'à l'interrupteur tandis que ma mère recommençait à descendre paresseusement les marches.

Alors, dit-elle en me dévisageant, tu nous apportes la pluie ?

Carapacée dans un gilet en laine mangé aux mites, elle s'approcha de moi. Heureusement que Lucie se marie, ajouta-t-elle, sinon on ne se verrait que pour les enterrements.

Elle avança sa joue vers la mienne.

Tu en fais, une tête, poursuivit-elle en grimaçant. Tu n'es pas content d'être ici, c'est ça ?

Si, si, dis-je.

Tu aurais préféré ne pas venir ?

Elle s'adressait à moi comme si Claire n'était pas là.

Je m'écartai.

Je te présente Constance, dis-je.

Ma mère recula.

Elle posa les mains sur ses hanches.

Les bras en équerre, elle examina enfin Claire du coin de l'œil. Celle-ci venait de murmurer un inaudible bonjour.

Alors c'est vous ? Depuis le temps qu'on entend parler de vous. Vous n'êtes pas très grosse, ajouta-t-elle.

Claire posa sa main sur son ventre comme pour le protéger.

Mais vous avez de beaux cheveux.

Claire la remercia. Ma mère garda ses distances.

J'aurais bien aimé, moi, avoir des cheveux pareils. À la place, regardez, j'ai cette espèce de corde grise, ajouta-t-elle en empoignant sa tignasse mal peignée.

Mon oncle s'échappa dans la pièce voisine.

Claire me lança un regard qui, déjà, semblait demander de l'aide. Elle ne savait pas comment réagir. Moi-même, chaque fois que j'étais devant ma mère, je ressentais un mélange d'affaiblissement et de crispation. Mais j'essayais de ne rien laisser paraître.

Ma mère réajusta les pans de son gilet déboutonné et les croisa devant elle. Vous voulez peut-être boire quelque chose ?

Je veux bien un verre d'eau, dit Claire.

Un café ?

Non, de l'eau, ce sera très bien.

Un jus d'orange alors, ou un thé ?

Les deux femmes se jaugèrent, n'osant s'approcher l'une de l'autre.

Un thé, d'accord, consentit Claire, et ma mère se dirigea aussitôt vers un placard, qu'elle ouvrit et dont elle sortit avec énergie des tasses et une théière.

Vous avez fait bonne route ?

Ils ont eu du monde vers Grisac, répondit Roland d'une voix d'outre-tombe, en s'asseyant avec difficulté sur le canapé dans la pièce voisine. Une fois installé, il chaussa des demi-lunes, qui le vieillissaient et malgré lesquelles il fut contraint, pour mieux voir les touches, d'approcher de son visage la télécommande qu'il tenait à la main.

Tout en remplissant une grande casserole d'eau sous le robinet, ma mère tourna la tête dans notre direction, présentant soudain un affreux visage hommasse et boursouflé. Vous n'avez pas eu trop chaud, cette nuit, dans la chambre ?

Non, non, dis-je en me demandant si elle ne cherchait pas, déjà, à surprendre un défaut de connivence entre Claire et moi.

Je préférais rester méfiant, car son instinct avait toujours été pour moi une sorte d'intelligence souterraine, larvée, qu'elle déployait sans qu'on s'en rende compte. Ou bien, si l'on s'en rendait compte, c'était trop tard.

D'un discret signe de la tête, j'incitai Claire à me suivre, et ensemble nous passâmes dans le séjour ouvert. À côté du canapé, des magazines et des journaux étaient amassés dans un porte-revues. Roland venait d'allumer la télévision et regardait les deux journalistes sur le plateau, un homme et une femme qui annonçaient les grands titres de la matinée. Je cherchai mon père du regard. Roland comprit aussitôt.

On l'a mis là, me dit-il en désignant, à gauche de la cheminée, une niche creusée dans le mur.

Je m'approchai de l'espèce de vase doré, aux flancs arrondis et striés comme un gros œuf stylisé. L'urne, me semblait-il, avait changé de place. Peut-être la conservaient-ils dans un placard et la sortaient-ils avant mon arrivée. J'hésitai à m'adresser en pensée à mon père. Je me ravisai.

Il est bien, là, dis-je.

Je me tournai. Je ne parvenais pas à savoir

ce qui avait changé dans cette pièce. Je crus d'abord que c'était à cause du poste de télévision, neuf et large, avec son écran plat fixé au mur par un bras articulé. L'image qu'il diffusait, lumineuse et colorée, contrastait avec le reste du mobilier. À part ça, tout était conforme à mon souvenir. C'était la même table massive aux pieds torsadés, recouverte de l'immuable nappe en toile cirée verte. Au fond, le même bahut sur lequel, à côté d'un napperon, se cabrait un cheval ailé en verre soufflé. Au mur, la même marmite en cuivre, suspendue par la queue, et dont le cul rouge-brun luisait non loin d'une huile figurant une charrue abandonnée au milieu d'un champ enduit, au couteau, d'un jaune un peu gras. Près de la fenêtre, cloué à une poutre, je remarquai également la présence d'un de ces pièges en tortillon, long ruban adhésif marron et collant que des mouches constellaient. Certaines étaient déjà mortes depuis longtemps, mais voisinaient avec d'autres fraîchement engluées, qui essayaient en vain de se débattre en vibrant des ailes.

Quoi, vous n'aimez pas la langue ?

Ma mère attendait, un couteau à la main. Elle venait de nous proposer de déjeuner avec eux. Elle s'était adressée à Claire qui, une nouvelle fois, se trouva désarçonnée par l'âpreté de cette voix.

De la langue de bœuf, précisa ma mère, vous n'en avez jamais mangé ?

Non, s'excusa Claire.

Eh bien, vous verrez, c'est très bon, acheva-t-elle avant de retourner dans la cuisine, où, après avoir reposé son couteau, elle se pencha pour ouvrir les portes d'un buffet et chercher quelque chose avec cette opiniâtreté qui, chez elle, confinait à la violence.

Il me semblait qu'elle s'était voûtée avec l'âge et paraissait encore plus irascible qu'avant. Des rougeurs cutanées avaient gagné son front et ses joues.

Mon regard fut de nouveau attiré par les deux journalistes, qui venaient d'annoncer, avec une déroutante spontanéité, comme si une dépêche était tombée, les titres que nous avions entendus quelques instants plus tôt. Ça se lève, dit mon oncle.

Je m'approchai de la fenêtre. Le ciel était encore gris.

Cet après-midi, il va faire chaud, affirma-t-il. Hier, les limaces transportaient de la paille.

Il tourna la tête pour vérifier l'effet de ses paroles sur Claire, qui ne manifesta pas la moindre surprise. Il s'expliqua quand même. Si, au bout de leur queue, les limaces transportaient de la terre, c'est qu'il pleuvrait, et si c'était de la paille, il ferait beau.

Ah oui, vraiment ? dit Claire.

Hé, si je vous le dis.

Je compris soudain ce qui manquait. Ma tante avait disparu. Dans mon souvenir, son urne à elle était noire et laquée. Je gagnai la pièce où se tenait ma mère.

Qu'est-ce que tu veux ? me demanda-t-elle sèchement avant de me dire que ce ne serait pas prêt avant un moment.

Je ne répondis rien. D'ailleurs, elle n'attendait pas de réponse. Je me contentai de m'humecter les lèvres, attentif, hostile. Elle venait de retirer d'un récipient en fonte, rempli d'eau, un gros morceau de langue qu'elle avait posé sur une planche en bois. Elle découpa devant moi d'épaisses tranches grisâtres qu'elle plongea ensuite dans un fait-tout, où mijotait déjà, à petit feu, une sauce tomate persillée. Ça sentait bon. Je le lui dis, mais cette fois, c'est elle qui ne répondit rien. J'essayai de ne pas laisser mon esprit s'empêtrer dans des considérations troubles.

Tu comptes aller voir ta cousine ?

Sans doute, dis-je en inspectant le contenu du fait-tout. Mais cet après-midi, ajoutai-je, s'il fait beau, je pensais aller au lac.

Oui, eh bien en attendant, dit-elle, va mettre la table.

Vous, bien sûr, ça ne vous intéresse pas, lança-t-elle en se levant de sa chaise pour resservir Constance. Elle venait d'évoquer l'agrandissement de la laiterie et la fermeture imminente du camping du lac faute de touristes. Elle ajouta que le dernier voisin du hameau était mort le mois dernier, et qu'à présent ils étaient seuls. Même l'épicier ne venait plus avec son camion, il leur fallait descendre plus souvent au village. Ça les fatiguait. Elle reposa l'assiette de Constance devant Claire. La vie à Paris doit être plus passionnante, mais que voulez-vous, c'est notre vie, conclut-elle.

Claire ne trouva rien à répondre.

Ma mère se rassit, attendit. Je ne sais pas si je resterai là moi, après, reprit-elle avant de jeter un coup d'œil vers Roland.

Au début du repas, mon oncle s'était levé de table et, malgré la pluie fine qui s'était remise à tomber, il était sorti. À son retour, il avait posé, à côté de son verre, un tas de boîtes de médicaments, dont il avait sorti les plaquettes rigides. Il les avait tournées et retournées, avant d'appuyer en divers endroits la partie bombée pour crever l'aluminium et récupérer les gélules. Puis il avait déposé les capsules de gélatine, une à une, sur sa langue, quatre ou cinq, qu'il avait ingurgitées ensemble, d'un seul coup, en buvant un verre d'eau. Tu n'es pas obligé de faire ça devant nous, lui avait reproché ma mère. Avec les années, mon oncle ressemblait de plus en plus à mon père. Du moins au souvenir que j'avais gardé de lui. Malade. Ça devait lui faire drôle, à ma mère, de revivre ça.

Sans un regard pour personne, Roland mangeait tête baissée, en vieux fermier taciturne. Depuis combien de temps vivaient-ils ensemble ? Vingt, trente ans ? Je m'étais toujours tenu à distance de cette histoire. Si toutefois on peut parler d'histoire. Je n'avais pas le souvenir, par exemple, d'avoir un jour appris que ma mère vivait chez lui. L'installation avait dû se faire progressivement. Je ne les avais jamais vus avoir de gestes tendres l'un pour l'autre. Je les avais longtemps considérés comme des frère et sœur par alliance. Aujourd'hui, je voyais simplement deux veufs qui s'étaient épaulés.

Je mangeais le dos voûté pour tenir moins de place. Claire, elle, se tenait bien droite. Dès l'entrée, elle avait complimenté ma mère, aussi celle-ci lui avait-elle servi deux tranches de terrine de foie, puis deux grandes louchées de langue de bœuf baignant dans la sauce tomate persillée. Au fromage, son visage avait rosi. Ses joues luisaient. Au dessert, elle hésita. Avec le dos de sa cuillère, elle tâta d'abord le clafoutis aux cerises en exerçant sur lui une légère pression pour en éprouver la mollesse. Puis elle préleva une portion de cette chair figée, ornée de billes rougeâtres et moelleuses, ouvrit la bouche, l'y engouffra, puis mâcha avec humilité. C'est vraiment bon, dit-elle une fois qu'elle eut dégluti sa cuillerée. Ma mère, me semblait-il, jubilait de l'avoir gavée comme une oie. Ce n'était pas méchant. C'était sa façon à elle de lui souhaiter la bienvenue dans notre famille.

À la fin du repas, ma mère esquissa vers moi un inquiétant sourire complice. J'avais bien choisi. Je ne pus m'empêcher, à cet instant, de ressentir l'absence de Constance.

Eh bien, vous avez mangé pour deux, dit-elle en regardant Claire.

Je posai ma serviette sur la table et reculai ma chaise pour me lever.

Qu'est-ce que tu fais ? Et le café ?

Je restai assis. Il fallait attendre. J'avais pourtant besoin d'air. Je regardai par la fenêtre.

Roland avait dit vrai. Le beau temps était revenu. Le soleil entrait dans le salon en dessinant des trapèzes sur le sol carrelé.

Après le café, ma mère nous raccompagna jusqu'à la porte. Alors ? Cette langue ?

C'était bon, répondit Claire en reprenant son K-way.

Bon, répondit ma mère avec satisfaction, tant mieux. Je vous donnerai la recette. Comme ça, dit-elle en me désignant de la main, quand je serai morte, ça lui fera un souvenir de moi.

Ce ne fut qu'une fois dans la voiture, alors que je remontais la pente goudronnée pour quitter le hameau, que Claire me livra ses premières impressions. Elle trouvait qu'elle avait été bien reçue. Et ma mère n'était pas si terrible que ça. À l'entendre, on eût dit que j'avais dressé de celle-ci un portrait peu flatteur qui correspondait mal à la réalité. J'avais pour ma part la conviction d'avoir atténué les choses. En revanche, reprit-elle, quand tu m'avais dit que ta mère vivait avec ton oncle, j'avais cru que c'était avec son frère à elle.

Son besoin d'éclaircir les choses commençait à m'exaspérer.

Pas le frère de ton père, insista-t-elle.

Je ralentis et, pour qu'elle ne me pose plus de questions, j'ajoutai que ma tante avait eu un accident de voiture, il y a longtemps. Cette fois, Claire se tut. J'enclenchai le clignotant et pris la route du lac. Je me tournai vers elle. Je remarquai que son visage s'était crispé, comme si elle était contrariée.

Ça ne va pas ?

J'ai trop mangé, dit-elle, je me sens nauséeuse.

Je me permis une plaisanterie sur le fait qu'elle prenait son rôle de femme enceinte trop à cœur. Elle esquissa un sourire, mais continua de regarder la route, droit devant elle.

On arrive, dis-je.

Aux abords du lac, je roulai au pas et allai garer la voiture devant une aire de services aménagée pour accueillir des caravanes et des camping-cars, mais il n'y avait aucun véhicule et les bornes d'alimentation électrique, séparées par des haies, semblaient neuves.

J'éteignis le moteur.

Nous ouvrîmes nos portières.

Il fait chaud, dit Claire.

Nous avançâmes à pied jusqu'à la vaste étendue d'eau, qui dessinait un disque imparfait. Des herbes se courbaient partout autour du lac, ainsi que des joncs et de frêles arbres ébranchés qui miraient leur écorce grise. Par endroits, la surface verdâtre se flétrissait sous l'effet d'une très légère brise. Claire s'approcha du bord pour inspecter les lieux avant de revenir vers moi. Je crois que je vais me baigner, dit-elle.

Elle doit être froide, dis-je en étendant ma serviette sur l'herbe.

Elle attendit, puis regarda autour d'elle comme pour vérifier qu'il n'y avait personne.

Tu as pris ton maillot ?

Non, dit-elle en retirant son pull, qu'elle déposa au sol, à côté de son sac.

Elle portait, en dessous, un fin débardeur blanc qui laissait deviner le profil de ses seins, trop modestes pour nécessiter un soutien-gorge. Elle ôta ses chaussures, ses chaussettes, déboutonna son pantalon et le retira, roula toutes ses affaires en boule et les jeta à côté de ma serviette. J'avais oublié à quel point Claire était mince.

Tu as la chair de poule, remarquai-je.

Elle se frotta les cuisses pour se réchauffer.

Non, ça va, dit-elle.

Tout en se dirigeant vers la rive en petite culotte et débardeur, elle retira l'élastique noir qui lui enserrait le poignet, le pinça un instant entre ses dents et, avec, attacha ses cheveux après les avoir ramassés en arrière. Les pieds nus, elle progressait prudemment dans l'herbe, on aurait dit qu'elle marchait sur des chardons. Parvenue au bord de l'eau, elle écarta les bras. Ses pieds s'enfoncèrent dans la boue grasse et spongieuse du lac. Elle ricana nerveusement. C'est dégueulasse ! s'esclaffa-t-elle.

Des araignées d'eau se déplaçaient, çà et là, en glissant par à-coups sur la surface. Claire semblait ne plus pouvoir avancer, prisonnière de cette terre plastique et malléable. Je connaissais très bien la sensation de la boue, une sensation à la fois douce et répugnante. C'était toute mon enfance. Je me souvenais que mes grands-parents m'emmenaient me baigner ici, l'été. Claire, elle, passait souvent ses vacances sur la Côte d'Azur, ça devait la changer. Mais ça avait aussi l'air de l'exciter, cette saleté.

Une libellule bleue, figée à la verticale sur une mince tige, s'envola soudain avec l'élégance d'une demoiselle. Elle patrouilla un instant au-dessus de l'eau, puis s'immobilisa dans l'air. Son corps fin frétillait tout près de celui de Claire, qui la chassa d'un geste de la main avant d'avancer en grimaçant.

Je me demandais jusqu'où elle irait, si elle allait seulement se tremper les pieds. Elle n'avait pas pris de tenue de rechange. Allez, saute, plaisantai-je.

Je ne peux pas. Elle est glacée.

Elle avait de l'eau jusqu'aux genoux. Elle retira soudain son débardeur et le lança loin derrière elle. Il atterrit à quelques mètres de moi. Je me penchai pour le ramasser.

Les coudes pliés, elle gardait maintenant les bras très près du corps, serrés contre ses côtes, les poings fermés devant elle. Ce n'était pas pour cacher sa poitrine, car Claire n'était pas pudique. À Plougasnou, il lui était arrivé de bronzer devant Constance et moi sans le haut de son maillot. Non, elle avait froid, c'est tout. Son dos était hérissé et avait l'aspect d'une peau d'oie. Et pourtant, sans prévenir, elle sauta, d'un mètre, vers l'avant.

Une gerbe d'eau gicla autour d'elle.

Elle poussa un cri.

Presque entièrement immergée, elle ricana à nouveau, puis laissa échapper, en crachotant, un peu de cette eau vaseuse qu'elle avait dans la bouche.

Quand on y est, elle est bonne, dit-elle en grelottant.

Je la regardai s'éloigner de la rive en quelques mouvements de brasse.

Tu ne veux pas venir ?

Je fis mine de ne pas avoir entendu. Je la laissai et allai m'asseoir sur ma serviette. Je déposai son débardeur blanc sur son sac, avec le reste de ses affaires, puis retirai, à mon tour, mes chaussures et mes chaussettes. Je retroussai mon pantalon sur mes mollets. Je m'étendis. La serviette que j'avais prise était trop courte et l'herbe chatouillait la plante de mes pieds. Le soleil, très vite, chauffa mon visage. Cette chaleur pénétrait en moi en traversant les couches successives de mon épiderme. Mon corps s'allégeait enfin, ses contours s'adoucissaient comme s'il se confondait peu à peu avec l'air chaud qui le caressait. À bien y réfléchir, c'était exactement ainsi que j'avais espéré passer ces quelques jours avec Constance. Sa pensée ne me quittait pas. En revanche, et ceci n'avait pas été prémédité, Claire, par sa seule présence, atténuait ce manque en lui donnant une forme matérielle sensible qui finissait par apaiser mon esprit et adoucir la réalité, comme si la copie parvenait, peu à peu, à supplanter l'original.

Je rouvris les yeux. Je m'étais assoupi, pas longtemps mais assez profondément pour ne plus savoir où je me trouvais. J'étais en nage. Le vin que j'avais bu au déjeuner m'avait abruti. Je me redressai en me frottant le visage. Mon téléphone vibrait. Depuis combien de temps ?

Je le sortis de ma poche.

C'était Luc.

Son prénom s'affichait sur l'écran.

Je ne sus que faire.

Je laissai l'appareil vibrer dans ma main en regardant Claire qui continuait de se baigner, progressant par d'amples mouvements des bras. Sa brasse était à la fois limpide et désinvolte. Elle semblait profiter d'être seule pour redevenir elle-même.

Je regardai de nouveau l'écran du téléphone. Claire était assez loin pour ne pas m'entendre. Je décidai de décrocher.

Luc ?

Ah, enfin, dit-il, et il s'excusa aussitôt de me déranger.

Tu ne me déranges pas, dis-je en caressant l'herbe avec mes pieds.

Je fais vite, dit-il, et il me demanda si sa sœur était à côté de moi.

Non, dis-je.

Ma bouche était encore sèche, pâteuse de sommeil.

Tu sais où elle est ?

Non, dis-je en regardant un taon qui venait de se poser sur mon pantalon. Alors que l'idée de le chasser ne m'avait pas encore traversé, l'insecte, dont les ailes étaient joliment marbrées de gris sous le soleil, eut le temps d'atteindre mon mollet et, sournois, de me piquer avant de s'envoler et de disparaître dans l'air.

Je me grattai la jambe.

Luc soupirait. Il venait de m'expliquer qu'il n'arrivait pas à la joindre. Il me demanda où j'étais.

Je capte mal, dis-je.

Allô ?

Luc ?

Oui, je t'entends mal, dit-il.

Je te disais que je ne captais pas bien.

Où es-tu ?

À Saint-Fourneau, chez ma mère.

Ah, c'est vrai, j'avais oublié que vous partiez à la montagne.

La montagne, c'était beaucoup dire. Je m'essuyai le front.

Constance n'est pas à côté de toi, c'est ça ?

Non, dis-je. Je ne sais pas où elle est.

Tu pourras lui dire de me rappeler si elle a un moment ?

Écoute, dis-je, je ne vais pas te mentir.

Allô ?

Oui, tu m'entends ?

Mal, dit-il.

Constance n'est pas venue, poursuivis-je un peu plus fort. Je suis seul, ajoutai-je en regardant Claire qui continuait de nager dans le lac.

Comment ça ? Vous vous êtes encore disputés ?

Je fus surpris qu'il dise « encore ».

C'est ça, dis-je, et elle n'a pas voulu m'accompagner.

Je me sentis en partie soulagé d'avoir éclairci ce point. J'écoutai le silence de Luc.

C'est curieux, dit-il après un instant.

Quoi donc ?

Qu'elle ne m'ait rien dit.

Où es-tu ?

À Düsseldorf, dit-il.

Qu'est-ce que tu fous à Düsseldorf ?

C'est pour le boulot. J'y reste encore jusqu'à la fin de la semaine. Si elle t'appelle, tu peux quand même lui dire que je cherche à la joindre ? insista-t-il.

Je lui demandai s'il ne lui avait pas déjà laissé un message.

Si, mais si elle t'appelle, dis-lui quand même de me rappeler. On ne sait jamais, rétorqua-t-il. Et toi ?

Moi quoi ?

Comment vas-tu ?

Je t'entends mal, dis-je.

Je te demandais si.

Allô, Luc ?

Je.

Je raccrochai.

Des nuages s'étaient de nouveau formés dans le ciel, de gros cumulus qui se reflétaient maintenant, blancs et gonflés, sur la surface du lac. J'adressai de loin un signe à Claire, une sorte de salut indécis et ambigu. Elle dut penser que je voulais qu'elle sorte de l'eau, car elle se mit à nager vers moi, dans ce ciel inversé, au milieu des nuages. Je me levai, le téléphone encore à la main. Quand elle eut pied, elle tenta de s'accrocher à une branche pour s'aider à remonter. De fines rides mouvantes s'élargissaient en cercles autour d'elle. Je me penchai et fouillai dans son sac pour prendre sa serviette de bain. Lorsque je me redressai, je vis que le soleil, tout à coup, s'était voilé. L'eau verte du lac s'était couverte d'une large flaque grise avec, par endroits, des zones plus sombres, noires et laquées.

Tu étais au téléphone ?

Oui, ce n'est rien, dis-je en lui tendant sa serviette, c'était Luc.

Le frère de Constance ?

Oui, dis-je.

Elle me remercia et commença à se sécher en grelottant. Ils s'étaient déjà rencontrés deux ou trois fois, elle et lui, elle s'en souvenait.

Qu'est-ce qu'il voulait ?

Il cherchait à joindre Constance.

Sa serviette s'immobilisa.

Il ne sait pas que vous êtes séparés ?

Il semblerait que non.

Elle afficha une moue ostensiblement perplexe.

Je le lui ai dit, bien sûr.

C'est curieux, dit-elle, puis elle enfouit sa tête dans la serviette, se frictionna les cheveux avec énergie. Tu penses qu'elle est avec l'autre ?

Bien sûr, dis-je. Mais elle pourrait quand même répondre à son frère.

J'essayais de rester logique.

Tout en se séchant le visage avec application, Claire rétorqua que Constance avait peut-être honte vis-à-vis de son frère. Ça ne doit pas être facile, renchérit-elle, de dire qu'elle ne sait pas qui est le père de son enfant.

On devrait rentrer, dis-je, tu as les lèvres bleues.

Le journal, à peine avais-je soufflé l'allumette, s'était rétracté en se repliant sur lui-même, dégageant de la fumée avant de s'éteindre. Je m'étais de nouveau accroupi, approchant pour la seconde fois une allumette à différents endroits, dans l'idée de faire naître plusieurs foyers là où le papier n'avait pas encore été calciné. Au bout d'un moment, le petit bois se mit à craquer sous les premières chaleurs, avant d'enflammer enfin les brindilles. Je soufflai dessus et la flamme, au centre, s'allongea. J'attendis avant de placer une bûche sur le dessus, et celle-ci sembla alors se briser en éclatant de l'intérieur, libérant des parcelles de matière incandescente qui se détachaient du foyer et s'élevaient dans l'air noir. Claire s'était assise à côté de moi, accroupie elle aussi sur ses talons, et elle tendait les mains. Nous demeurâmes ainsi devant l'âtre, fixant sans rien dire le feu qui grandissait sous nos yeux. Malgré la douche bien chaude qu'elle avait prise en rentrant, elle avait du mal à se réchauffer. Je lui proposai de boire un verre. Bonne idée, dit-elle. Ne bouge pas, je vais voir s'il y a une bouteille à la cave. Je me relevai et m'emparai d'une lampe.

Dehors, j'orientai devant moi, dans la nuit, le large faisceau jaune de la torche électrique et contournai la maison. De hautes herbes avaient poussé devant l'entrée de la cave. Je dus chercher un bâton dans un fourré et revins pour fouetter les orties et les quelques ronces qui s'emmêlaient entre elles, de véritables fils de fer barbelés qu'en levant le bras j'émondai à grands coups pour me frayer un passage jusqu'à la porte.

C'était une de ces portes en bois à quatre battants que l'on trouve dans les étables, avec des verrous coulissants. Le bas du premier battant que je poussai racla le sol. J'orientai la lampe devant moi, en hauteur, éclairant d'abord les poutres coiffées, par endroits, d'épaisses toiles d'araignées. L'intérieur était bas de plafond et, avec son sol en terre battue, tenait à la fois de la buanderie et du cellier. Je continuai de balayer l'espace avec la lampe. Les silhouettes de tout un tas d'objets poussiéreux se découpèrent dans la lumière jaune : des blocs de parpaings et des madriers, une pioche dans un renfoncement, au sol une vieille tondeuse à gazon, plus loin une malle en fer mal refermée.

J'avançai prudemment dans l'obscurité de la pièce, et je mis du temps avant d'avoir une vue d'ensemble et de recenser toutes les vieilleries qui s'amoncelaient là, parmi lesquelles je reconnus quelques jouets dont je n'avais, à vrai dire, que très peu de souvenirs, des meubles en formica, des chaises pliantes aux articulations rouillées, un buffet bancal sur lequel était posé un large abat-jour et, sur les murs, en hauteur, des planches étagées qui menaçaient de tomber sous le poids de bocaux en verre, des conserves cylindriques transparentes, oubliées depuis de longues années, qui contenaient des fruits baignant dans de l'alcool, des mirabelles peut-être, ou des poires, des pruneaux ou des champignons, ventrus et enflés comme des fœtus dans du formol.

En mon absence, Claire avait tiré le fauteuil devant la cheminée pour être plus près du feu. Sa joue reposait contre le dossier. Dès qu'elle me vit, elle se redressa et se frotta le visage.

Je me suis endormie, s'excusa-t-elle.

J'ai trouvé ça, dis-je en levant la bouteille comme un trophée. Celle-ci ne portait pas d'étiquette. Elle était couverte d'une pellicule de poussière. Je décidai d'aller à la cuisine pour la passer sous l'eau. J'en profitai ensuite pour ouvrir différents tiroirs et mis la main sur un limonadier publicitaire, avec un tire-bouchon à levier. De retour dans le salon, j'enfonçai la spirale d'acier en la tournant délicatement. Le liège était friable et s'émietta. Je parvins cependant à le retirer et à enlever, avec mon doigt, les morceaux qui restaient, puis j'approchai le goulot de mon nez. Ça sentait le vin de noix. Je me souvins que mon grand-père aimait ça. Il en rapportait toujours quelques bouteilles dans la voiture, à la fin de l'été. Je trouvai dans un placard deux verres à liqueur que je remplis de quelques centilitres de ce liquide noir et sirupeux. Je retournai devant le feu, les verres à la main, en tendis un à Claire, puis avançai le mien pour trinquer. À cette première journée ! dit-elle.

Elle regarda autour d'elle.

Ça ne t'étonnait pas, enfant, de voir ta mère et ton oncle ensemble ?

Je haussai les épaules. Je devais préférer ça plutôt que de la savoir seule, dis-je.

En vérité, je crois qu'enfant je ne comprenais pas très bien. Et plus tard, je n'avais pas eu envie de comprendre.

C'est romanesque, dit-elle.

Pas du tout, dis-je.

Elle but une gorgée. C'est bon, dit-elle.

C'est du vin de noix. C'est ma mère qui l'a fait.

Je goûtai à mon tour. Ce n'était pas bon, non, à la fois éventé et acide, avec un goût trop prononcé de clou de girofle. Si tu veux tout savoir, m'aventurai-je, ce qui était pénible, c'étaient les rumeurs. Je posai mon verre sur la table basse du salon. L'été, quand je revenais, les autres enfants du hameau s'en donnaient à cœur joie. C'est pour ça que je n'aimais pas revenir ici.

Claire me demanda ce qu'ils disaient.

Rien, ils nous embêtaient, ma cousine et moi. C'était facile.

Je la regardai. Elle était affalée dans ce vieux trône à l'assise défoncée, aux accoudoirs craquelés. De minuscules lésions de cuir se détachaient par parcelles desséchées. Mes souvenirs aussi me paraissaient délabrés. Je pris le long tisonnier en fer et me mis à ramener des brindilles ardentes dans les cendres et la braise, au centre du foyer. Tout ça ne constituait en rien un passé, ou alors un passé aux contours flous, des bribes.

Ils disaient que vous étiez frère et sœur, c'est ça ?

Oui, voilà, dis-je.

J'avais le sentiment d'inventer pour lui faire plaisir. Je soufflai afin que la longue flamme reprenne, je la vis se tordre en léchant la bûche noire. Des flammèches montèrent de plus belle. Je sentis à nouveau mon front brûler. Mes joues aussi devenaient chaudes.

Et ta cousine, elle réagissait comment ?

J'expliquai à Claire que Lucie m'avait longtemps protégé parce qu'elle était plus âgée, mais je n'eus pas envie d'en dire davantage. Je ne lui dis pas ce que ma cousine m'avait raconté à la mort de mes grands-parents et la raison pour laquelle nous nous étions fâchés. Claire dut le sentir, car, d'un trait, elle termina son verre et se leva pour se resservir.

Tu en veux un autre ?

Non, merci, dis-je, je n'ai pas terminé.

Elle vint se rasseoir, son verre à la main. C'était de Constance que j'aurais aimé lui parler, mais je n'y parvenais pas.

II

Encaissé dans une vallée, le village de Saint-Fourneau était situé à cinq kilomètres du hameau. Après le dernier virage, le clocher apparut et, tout autour, les toits des premières maisons, recouverts de fines lamelles d'ardoise noires imbriquées comme des écailles.

La rue principale était bordée de maisons basses entre lesquelles se déployait un entrelacs de ruelles désertes. Ici aussi, la plupart des volets étaient fermés. Je continuai de rouler au pas en passant devant l'épicerie Valette. Plus loin, c'était le tabac-presse, qui jouxtait encore l'austère café des Alliés face à la place. Quelques maisons encore, serrées les unes contre les autres, et puis plus rien. Je m'arrêtai à la dernière intersection avant la sortie du village et regardai la jauge d'essence sur le tableau de bord de la voiture. Un panneau de signalisation indiquait, sur la droite, la direction de l'école, de la mairie et du cimetière. Je poursuivis tout droit, vers l'ancien garage de mon oncle, modeste hangar construit sur un terrain en saillie, auquel on accédait par une courte allée de graviers. Je garai la voiture devant l'une des trois pompes à essence.

Rien n'avait changé en apparence, mais, à y regarder de près, je fus frappé par la vétusté de la devanture. Autrefois d'un rouge vif cerné de noir, les lettres qui composaient les mots GARAGE MALÈVRE étaient maintenant d'un rose fané. Ça m'avait toujours mis mal à l'aise de rencontrer mon nom inscrit quelque part. Sans bien savoir pourquoi, j'avais fini par avoir honte de le porter.

Les hautes portes coulissantes du hangar étaient ouvertes. Je m'approchai de l'entrée et remarquai, sur le côté, d'épais pneus déjantés qui formaient une pile. À l'intérieur du bâtiment, je distinguai, dans le fond, une armoire métallique à côté d'un bureau où s'entassait de la paperasse en souffrance. On entendait une voix qui vibrait dans les haut-parleurs d'un poste de radio. Sur la droite, des outils reposaient sur le sol en béton, près d'une voiture au capot relevé. Il n'y avait personne autour du véhicule. En dessous, si. Une moitié d'homme. Seules les jambes dépassaient. Je ne sus pas trop quoi faire. J'attendis. Puis, tout sottement, je me raclai la gorge.

Les jambes glissèrent hors du véhicule, sur

une sorte de civière à roulettes, laissant bientôt apparaître un tronc, puis une tête. Celle de Pierre, à mes pieds.

Oui ?

Bonjour, dis-je.

Pierre ne m'avait pas reconnu. Malgré son jeune âge, il avait commencé à vieillir lui aussi, et une inquiétude d'homme avait gagné son regard. Et tout de suite, la météo, dit la voix brouillée, parasitée par les grésillements. La fréquence de la radio était mal réglée. Des nuages partout en France, dit une autre voix plus nasillarde. Pierre prit le temps de se relever avant d'observer quelque chose par-dessus mon épaule. Je me retournai pour regarder dans la même direction que lui.

Belle voiture, dit-il en parlant de la Nissan que j'avais louée. C'était une sorte de 4 × 4 de ville aux formes arrondies, assez arrogant dans ses volumes. J'acquiesçai. Qu'est-ce que je peux faire pour vous ? me demanda-t-il ensuite en s'essuyant les mains dans un bout de tissu crasseux barbouillé d'huile, avant d'aller éteindre la radio. Ce chiffon, maculé de graisse graphitée, contrastait avec sa tenue, un bleu de travail vert curieusement propre, avec une fermeture Éclair ventrale brillante. Vous êtes en panne ? Il continuait de se masser les doigts dans son chiffon sale, avec méticulosité. Tu ne me reconnais pas ? lui demandai-je.

Le chiffon s'immobilisa.

C'est moi, dis-je.

Il fronça les sourcils. Ça ne l'aidait pas.

Laurent, dis-je.

Son visage s'éclaira.

Hé, dit-il, t'es con, je ne t'avais pas reconnu. Lucie m'a pourtant dit que tu étais arrivé l'autre soir, s'excusa-t-il avant d'avancer vers moi pour m'embrasser. Ta femme n'est pas avec toi ?

Elle est restée au hameau, dis-je. Mais nous ne sommes pas mariés, rectifiai-je.

Nous non plus, plaisanta-t-il avec une familiarité qui contrastait maintenant avec l'accueil qu'il m'avait réservé. Il me sourit ensuite comme s'il n'avait déjà plus rien à me dire.

Après que je lui eus expliqué que j'étais venu pour le plein, nous nous dirigeâmes tous les deux vers les pompes à essence. Il me demanda si c'était un diesel.

Je crois, oui, dis-je en le regardant s'emparer d'un pistolet.

Alors, depuis le temps ?

Ça va, exagérai-je.

Ah, zut, dit-il, tu sais comment on ouvre la trappe ?

La trappe ? Non, dis-je.

Il replaça le pistolet et nous fîmes le tour de la voiture en inspectant la carrosserie. Il ouvrit la portière côté conducteur et s'assit à ma place, chercha à droite puis à gauche du volant et, après avoir farfouillé sous le tableau de bord, dit ah, voilà le levier. Ta mère t'a dit qu'on avait fait construire ?

Il paraît, dis-je.

Il faut que vous passiez nous voir, ajouta-t-il en se redressant.

Il resta assis sur le siège conducteur, une main sur le volant. On aurait dit que la voiture lui appartenait. Il me regarda comme s'il était prêt à refermer la portière et à s'en aller.

Vous devez être occupés, dis-je.

On est dans les préparatifs, mais Lucie sera contente de penser à autre chose, tu sais.

Évidemment, ponctuai-je.

Après un temps, je lui demandai s'il n'y avait pas une pharmacie, autrefois, dans le village.

Hé, si, mais elle a fermé il y a deux ans.

Il sortit de la voiture. Nous contournâmes à nouveau le véhicule et il se saisit pour la seconde fois du pistolet idoine, qu'il enfonça dans le réservoir, dont il venait de retirer le bouchon. Le carburant se mit à couler dans un bruit de percolateur.

Il faut aller à Verrières aujourd'hui, pour trouver une pharmacie.

Il avait haussé la voix pour passer par-dessus les vibrations rauques de la pompe. Moi aussi, je dus parler plus fort pour me faire entendre.

À Verrières, c'est loin, dis-je.

Le temps que tu y arrives, elle sera fermée.

Je regardai ma montre.

Tu n'as qu'à passer à la maison, Lucie a une pharmacie pleine à craquer, et puis, comme ça, tu verras le petit.

Je n'avais jamais vu ma cousine enceinte, et j'avais fini par oublier qu'elle avait attendu un enfant. Quel âge pouvait-il avoir ?

Je ne voudrais pas vous déranger, dis-je.

Hé, tu plaisantes, tu ne nous déranges pas.

Il regardait les chiffres qui défilaient. Il chercha à obtenir un compte rond, sans centimes, en appuyant sur la détente par à-coups. Une odeur de gazole troublait l'air. Au bout d'un moment, il raccrocha le pistolet dans l'encoche. Le bruit s'arrêta enfin.

Les médicaments, c'est pour Constance, expliquai-je d'une voix plus calme. Elle ne se sentait pas très bien tout à l'heure, c'est pour ça qu'elle a préféré rester au hameau.

Ah, compatit-il en s'essuyant une nouvelle fois les mains. Rien de grave ?

Non, non, dis-je, et je lui annonçai, pour montrer que rien ne pressait, que j'avais des courses à faire.

Je cherchai de la monnaie dans ma veste et le payai en espèces. J'avais le compte. Rond. Pierre mit l'argent dans la poche pectorale de son bleu de travail vert et me proposa qu'on se retrouve d'ici une quinzaine de minutes devant l'épicerie.

C'est parfait, exagérai-je en songeant que, dans très peu de temps, j'allais donc revoir ma cousine Lucie.

Hormis les grosses bonbonnes de gaz en métal bleu pétrole posées sur une palette devant l'entrée, l'épicerie de Saint-Fourneau ne ressemblait pas du tout à celle d'autrefois. Elle était devenue une sorte de supérette impersonnelle. L'intérieur était occupé, après des présentoirs inclinés où s'accumulaient des cartons remplis de fruits et légumes, par un comptoir réfrigéré qui offrait peu de choix – quelques barquettes filmées contenant de la viande rouge ou des cuisses de poulet jaune, du jambon sous vide, des plaquettes de beurre et quelques yaourts nature dont la date de péremption était proche. Je me demandai ce que j'allais bien pouvoir acheter. D'autres rayonnages suivaient, qui alignaient les boîtes de conserve, les bouteilles d'alcool et, plus loin, les produits d'entretien. Je remplis mon panier comme je le pus, puis m'approchai de la caisse, tenue par une corpulente dame brune au visage poupin qui, après un acquiescement de politesse, me dit gentiment bonjour tandis que je déposais le contenu de mes provisions sur le tapis.

Vous êtes là pour le mariage, poursuivit-elle avec assurance. Il n'y avait pas eu la moindre inflexion interrogative dans sa voix.

Elle me tendit une liasse de sacs plastique.

Vous êtes le neveu de Roland, non ? On m'a dit que vous étiez arrivé hier.

Avant-hier, rectifiai-je.

Elle me sourit, mais ses yeux, quoique petits et cernés, furent traversés d'un voile.

Je me souviens, c'est vous qui veniez avec vos grands-parents, l'été.

Voilà, dis-je.

Et c'est votre mère qui habite encore le hameau.

Voilà, dis-je à nouveau en remplissant les sacs.

Hé, c'est que vous avez bien grandi, j'ai failli ne pas vous reconnaître.

Elle ne savait plus quoi me dire. J'aurais préféré qu'elle ne pose pas sur moi ce regard compatissant. Je savais qu'elle pensait à ma mère et aux rumeurs d'empoisonnement qui avaient couru à la mort de mon père. Elle leva les sourcils en hochant la tête de haut en bas.

Je regardai sur la caisse électronique le montant qui était affiché. Je sortis de ma poche les quelques billets qui me restaient. Je n'étais pas mécontent de dépenser de l'argent, ça me donnait l'impression de vivre.

Et votre oncle, le pauvre, il va mieux ?

Ça va, dis-je.

Saluez-le de ma part, dit-elle.

Je n'y manquerai pas, lui assurai-je en récupérant ma monnaie. Il me semblait n'avoir jamais rencontré cette femme avant.

Dehors, Pierre patientait sur le trottoir d'en face, à bord d'un pick-up au pare-chocs avant crotté de boue sèche. Mes sacs de courses à la main, je le remerciai de m'avoir attendu. Je retournai vers ma voiture et en remplis le coffre.

Je le suivis ensuite quelques kilomètres sur la route, puis il enclencha son clignotant et bifurqua dans un chemin de terre cahoteux, sillonné d'ornières inégales que la Nissan épousa sans trop de heurts. La camionnette de Pierre, en revanche, attaquait avec moins de grâce et une nervosité entêtée ce chemin défoncé, qui remontait vers une maison isolée, bâtie en hauteur, assez laide. Crépie d'un rose de lotissement, elle manquait de sobriété avec ses trois colonnes et sa large terrasse. Le terrain s'aplatit à son approche. Pierre se gara sous un appentis et sortit avec énergie en claquant sa portière.

Tiens, gare-toi là, dit-il en m'indiquant une place, ou du moins un espace assez vague devant un massif épais d'arbustes à branches basses.

Il s'était changé. Il ne portait plus son bleu de travail, mais un simple jean et une chemise à carreaux rouges et verts en flanelle et, à la main, la visière d'une casquette de chasseur en toile souple qu'il enfonça sur sa tête.

Alors ?

C'est grand, dis-je.

Tout ça, derrière, c'est à nous, s'enorgueillit-il, incluant implicitement Lucie, qui ne tarda pas à faire son apparition.

Une porte à l'intérieur du garage venait en effet de s'ouvrir. Ma cousine avait dû entendre les voitures.

Laurent, dit-elle.

Lucie, dis-je.

Pendant que nous nous embrassions, Pierre lui expliqua que j'étais venu lui rendre visite au garage. Je me demandai s'il transformait sciemment la vérité. Il avait fermé plus tôt et il allait pouvoir l'aider.

C'est gentil, dit ma cousine. C'est beaucoup d'organisation, poursuivit-elle, et elle me montra d'un ample geste de la main des fûts de bière entassés dans leur garage et des dizaines de cartons de vin en cubitainers empilés dans un coin.

Vous attendez beaucoup de monde ?

Pierre répondit qu'il y aurait une trentaine

d'invités, sans compter les gens du village. Je m'enquis de savoir s'ils avaient besoin d'aide.

Penses-tu, me dit-il tout en accompagnant son refus d'un geste de la main.

Lucie voulut savoir où était Constance. Je m'étonnai qu'elle se souvienne de son prénom alors qu'elle ne l'avait jamais rencontrée.

Elle est restée au hameau, dis-je.

Justement, reprit Pierre qui venait de s'engager dans l'escalier en béton, à l'intérieur du garage, il faudrait que tu lui montres la pharmacie.

La pharmacie ? s'étonna Lucie.

Oui, tu sais, la boîte à pharmacie, dans la salle de bains, explicita-t-il.

Tu es malade ? me demanda ma cousine en se tournant vers moi.

Je la suivis dans l'escalier.

Moi non, dis-je, c'est Constance, elle ne se sentait pas bien tout à l'heure. Elle a été malade cette nuit.

Rien de grave ?

Non, non, dis-je en observant devant moi son large bassin. Son surpoids était survenu vers la vingtaine et ne l'avait plus quittée.

Pierre nous attendait en haut des marches, affichant un sourire satisfait d'agent immobilier sûr de son effet, et il scruta ma réaction au moment où je découvris le salon, dont la baie vitrée donnait sur la terrasse et offrait un large panorama sur la vallée.

C'est immense, dis-je.

C'est un peu en désordre, reconnut-il en désignant la table envahie de paquets et de papiers en tout genre, de guirlandes et de rubans. Il y avait aussi une corbeille remplie de fruits flétris au-dessus desquels quelques moucherons décrivaient lentement, presque au ralenti, de grands cercles silencieux.

Mets-toi à l'aise. Qu'est-ce que je te sers ?

Rien, je ne vais pas rester, vous êtes occupés. Dans un angle, le poste de télévision était allumé. C'était la même chaîne d'information en continu que regardait Roland, la veille.

Tu vas quand même boire un coup ? s'offusqua Pierre.

J'esquissai un mouvement de tête ambigu, puis du menton je désignai, posée sur un buffet, la photo d'un enfant dans un cadre en verre. Je supposai qu'il s'agissait de leur fils, mais celui-ci ressemblait à tous les enfants, avec du duvet sur le crâne et de grosses joues molles. À côté, je reconnus l'urne noire et laquée de ma tante. C'était donc Lucie qui l'avait récupérée.

Viens, me dit-elle.

Je la suivis dans un couloir qui desservait plusieurs portes closes, toutes identiques, jusqu'à celle, entrebâillée, d'une salle de bains. Là, ma cousine s'accroupit pour ouvrir un placard sous le lavabo, qui contenait une corbeille en plastique rigide remplie de flacons, d'une bande de coton blanche enroulée avec un fin liseré bleu et de boîtes de médicaments. Je profitai de ce moment avec elle pour lui demander comment elle allait depuis toutes ces années.

Écoute, dit-elle, on fait aller.

Et ton père, comment va-t-il ?

Tu l'as vu toi-même. Qu'est-ce que tu veux, je me suis occupée de lui au début, mais, maintenant, il n'y a pas grand-chose à faire. Qu'est-ce qu'elle a exactement ?

Je ne sais pas vraiment, des frissons, dis-je. Elle grelottait quand je suis parti.

Elle a vomi ?

Oui, je crois, dis-je.

Mais elle est enceinte, c'est bien ça ?

Oui, dis-je après un instant d'hésitation. Mais elle pense que ça n'a rien à voir, improvisai-je.

Elle est à combien de mois ?

Trois, dis-je.

À mesure que, grâce à mes réponses, elle établissait un diagnostic, Lucie rangeait des boîtes et en sortait d'autres, dont elle vérifiait rapidement la notice à l'intérieur.

Elle avait de la fièvre ?

Un peu.

L'embêtant, c'est qu'il faut faire attention. On ne peut pas donner n'importe quoi à une femme enceinte.

Elle fouilla à nouveau dans l'obscurité du placard, nerveusement.

On ne peut pas faire de miracle, tu sais, dit-elle en se relevant.

Je mis quelques secondes avant de comprendre qu'elle parlait à nouveau de son père.

Avec la vie qu'il a menée. Tiens.

J'étais soulagé que Lucie prenne les choses ainsi. Par conséquent, je pouvais commencer à être content de la revoir. Je m'emparai des trois boîtes qu'elle me tendait. Chaque emballage était écrasé et portait des noms compliqués.

Viens, je vais te noter ce qu'elle doit prendre.

De retour dans le salon, ma cousine prit une feuille et griffonna quelque chose. Je m'approchai pour voir ce qu'elle écrivait. Elle avait une écriture fine, illisible. Je détournai la tête.

Un petit garçon venait de débouler dans la pièce. Dès qu'il me vit, il alla aussitôt se cacher en se collant contre la jambe de sa mère. Je reculai pour mieux le voir.

N'aie pas peur, c'est mon cousin, lui dit Lucie d'une voix bienveillante, c'est Laurent. Tu l'as vu quand tu étais tout bébé. Sa mère, c'est celle qui habite au hameau avec grand-père.

Je sentais que pour Lucie non plus ce n'était pas facile de choisir les bons mots. Le petit ne semblait toujours pas comprendre qui j'étais.

Je m'accroupis pour être à sa hauteur et gagner sa confiance.

Je ne lui disais rien.

Il continuait de me regarder par intermittence, en se cachant derrière la cuisse de sa mère. Il sourit timidement, soudain joueur. Contrairement à ce que Lucie venait de dire, je ne me souvenais pas de l'avoir déjà vu. Ses lèvres étaient gercées et le bord de ses narines était sec, presque pelé. Ses cheveux ébouriffés lui donnaient l'air malicieux. J'avais envie de lui parler, mais je ne savais pas trop quoi dire. Comment s'appelait-il, déjà ? Et quel âge avait-il ? Quatre, cinq ans ? Je me contentai de répondre à son sourire, mais il se dissimula plus encore derrière la jambe de sa mère, comme s'il commençait une partie de cache-cache.

Allez, allez, dit Lucie, sors de mes pattes, va jouer. Et mouche-toi.

L'enfant ne broncha pas. Une sorte de larve gélatineuse lui coulait du nez.

Il renifla.

Il me regardait maintenant, prudemment. J'avais mal au dos. Je me relevai en pensant à Constance. Penchée sur la table, Lucie s'était remise à noter la posologie pour Claire.

Voilà, dit-elle en se redressant. Elle me tendit un bout de papier indéchiffrable. Je la remerciai. Elle avait quelques cheveux blancs sur les tempes et le haut du crâne.

Derrière elle, dans la cuisine, Pierre était en train de sortir des verres.

Tu te souviens quand même que Lucie est vétérinaire ?

Oui, bien sûr, dis-je en me demandant pourquoi il avait dit « quand même ».

Il revint avec des verres à pied et une bouteille de vin blanc.

Ça fait combien de temps, tous les deux, que vous ne vous êtes pas vus ?

Oh, longtemps, répondit Lucie tout en caressant la tête de l'enfant, l'ébouriffant plus encore. Les yeux à moitié fermés, celui-ci se laissait faire en reniflant encore de temps en temps.

Depuis la mort de ton grand-père, non ? me demanda Pierre en remplissant minutieusement les verres un à un, veillant à ce que chacun ait le même contenu.

Nous avions passé trop d'années sans nous donner de nouvelles ma cousine et moi. En grandissant, à défaut de pouvoir se détériorer, nos rapports s'étaient naturellement distendus. On ne se connaissait presque plus. Mais j'étais content pour elle, elle avait enfin trouvé un homme qui avait pu lui faire un enfant, ils avaient construit une maison, ils allaient se marier et ils avaient l'air heureux. Il ne leur restait plus qu'à attendre.

À la vôtre, dit Pierre en levant son verre.

Après avoir moi aussi levé mon verre et trempé mes lèvres, je continuai d'observer autour de moi. La décoration intérieure de la maison était sommaire, pourtant ils ne venaient pas d'emménager. Je m'imaginai un instant partager ma vie avec une compagne comme Lucie et finir ici, au milieu de rien. Attendre la fin. Sur la terrasse. En contemplant la vallée changer de couleur au gré des saisons. Après ces dernières semaines, je pouvais aspirer à ça.

Lucie but une gorgée en me regardant. Elle devait trouver que j'avais vieilli moi aussi. Pour la première fois, je me fis la réflexion que ce n'était sans doute pas un hasard si elle s'occupait d'animaux blessés. C'était sans doute sa façon à elle de ravauder le passé. Elle avait d'ailleurs rencontré un homme qui lui aussi réparait. Des voitures, certes, mais tout de même. De surcroît, Pierre avait repris le garage de Roland. Tout était parfait. Je vais rentrer, dis-je après avoir bu d'un trait mon verre de vin.

Déjà ? regretta Pierre.

Je vais aller voir si Constance va mieux, dis-je en montrant les boîtes de médicaments.

À cet instant, mon téléphone se mit à vibrer dans ma poche. Je sortis l'appareil, sur l'écran le nom de Luc s'affichait et je filtrai l'appel.

Lucie me dévisagea comme si elle savait que j'avais quelque chose à cacher.

Je te raccompagne, dit-elle.

Dehors, devant la voiture, elle me remercia et je ne compris pas tout de suite pourquoi. Puis elle me dit que son père avait été content d'apprendre que je venais avec Constance. C'était important pour lui, insista-t-elle. Il avait très envie de la connaître avant de. Je sais, l'interrompis-je en ouvrant la portière de la Nissan. Il t'aime beaucoup, ajouta-t-elle. Il t'a toujours beaucoup aimé.

Lui. Elle aurait pu ajouter lui. Certes, Roland m'avait témoigné, plus jeune, un certain attachement – à sa façon, bien sûr, avec beaucoup de retenue et cette pudeur qui confinait parfois à l'effacement –, mais ce n'était pas cela que Lucie évoquait, non, comme souvent, ce qu'elle disait était saturé de sous-entendus. C'était de ses rapports à elle avec ma mère, compliqués et conflictuels, qu'elle parlait.

Moi aussi, dis-je, je l'ai toujours apprécié, ton père.

Tu te souviens quand même qu'il t'emmenait aux champignons ?

Bien sûr, dis-je.

Nous nous méfiions l'un de l'autre. Je gardais la main sur le haut de la portière. J'hésitais à m'asseoir. Je sentais que Lucie ne voulait pas que je parte. Elle croisa les bras.

Et ta mère, tu l'as trouvée changée ?

Nous y venions.

Pas tellement, dis-je.

Vous avez déjeuné chez eux, j'imagine.

Lucie, dis-je.

Quoi ?

Elle favorisait les tours et les détours, mais je la connaissais.

Tu ne vas pas commencer, dis-je.

Elle sourit avec un air faussement détaché.

Attends, ironisa-t-elle avec un calme menaçant, je te demande seulement si vous avez déjeuné chez eux. Je n'ai pas le droit ?

Arrête, tu veux bien.

Elle aimait compliquer les choses. Petite, elle mentait déjà avec un aplomb qui déconcertait ma grand-mère. Si je n'avais pas attendu la mort de mes grands-parents pour ne plus remettre les pieds à Saint-Fourneau, c'était en partie à cause d'elle. Elle le savait.

Je remarque que vous êtes allés déjeuner chez ta mère et que Constance est tombée malade, c'est tout.

Je tentai de la fixer avec, dans mon regard, un mélange de consternation et de compassion, cherchant à insuffler, chez elle, un soupçon de doute. Mais elle ne baissa pas les yeux. Au contraire, son regard à elle se renforça d'une détermination butée, provocante. Elle avait l'air convaincue de ce qu'elle pensait. Pour dire la vérité, je me protégeais en feignant la surprise, car j'y avais songé, moi aussi. Lorsque j'avais entendu Claire vomir dans la salle de bains, je m'étais demandé ce qui se passait. Lucie dut sentir une faille, qu'elle transforma en brèche en s'y engouffrant. Sur un ton plus méchant, qui me rappela la brutalité dont ma mère était capable, elle voulut savoir pourquoi j'avais toujours cherché à la protéger.

Qu'est-ce que tu racontes ? Je n'ai jamais cherché à protéger personne.

Disons que tu ne t'es jamais mis à ma place, rétorqua-t-elle. Tu n'as jamais voulu imaginer ce que ça me faisait de vivre auprès d'elle après ce qu'elle avait fait.

Ma cousine, entre autres choses, avait toujours été certaine de la responsabilité de ma mère dans l'accident de la sienne.

Lucie, dis-je, tu sais très bien que ta mère avait bu.

Elle ricana avec méchanceté.

Oui, oui, elle avait bu, mais elle avait bu quoi ? Tu peux me le dire ?

Ce sont des rumeurs, dis-je.

Des rumeurs ? s'offusqua-t-elle.

Oui, dis-je, des rumeurs de village. Tu ne sais rien, en vérité. Tu décides de croire à certaines choses et pas à d'autres.

Je ne vois pas pourquoi je parle avec toi, dit-elle. Je perds mon temps.

Ce n'était pas la première fois, bien sûr, que

nous avions cette conversation. Je savais très bien ce qu'elle allait me répondre, et je tentai, comme à chaque fois, de ressentir le moins d'émotion possible.

Elle me demanda si j'avais oublié que ma mère m'avait donné à boire de l'eau de Javel quand j'étais petit ou bien si je considérais que, ça aussi, c'était une rumeur.

J'acquiesçai sur-le-champ pour la calmer. Je ne lui rappelai pas qu'à cette époque mon père était déjà malade et que je pouvais aisément comprendre que ma mère se soit trompée de bouteille. En revanche, je me permis de lui confier que, selon moi, elle était restée trop longtemps ici. Elle aurait dû partir.

Partir ? dit-elle. Et pour aller où ? Moi, je n'avais pas mes grands-parents pour me protéger.

Lucie, dis-je.

Quoi ? Ce n'est pas vrai ? Ils t'ont protégé de quoi, d'après toi ?

Elle exagérait. Moi aussi, sans doute. Les choses n'étaient pas si claires dans mon esprit, et il m'était arrivé de me demander si je ne nourrissais pas une manière de rancœur à son égard. Elle avait vécu auprès de ma mère après que j'en eus, moi, été tenu éloigné.

Je vais devoir y aller, dis-je.

Tu fuis toujours la conversation, dit-elle avec une grimace amère.

J'eus envie de la gifler. Il valait mieux que je parte.

Bon, dis-je.

Elle hocha la tête en signe d'agacement.

Je vais rentrer, dis-je en levant le front.

Les nuages s'étaient écartés, laissant apparaître, çà et là, des parcelles de ciel.

On dirait que ça se dégage, dis-je.

Elle se laissa embrasser sur les joues, mais ne fit aucun effort. Je la plaignais de vouloir sans cesse réécrire l'histoire. Je savais ce qu'elle endurait. J'étais pareil. En tout cas, toi, tu as l'air très préoccupé, lâcha-t-elle comme une ultime méchanceté. Je tentai, une fois de plus, de ne rien laisser paraître. Non, non, je te rassure, tout va bien. Je te connais, dit-elle. Écoute, on reparlera de tout ça une autre fois, proposai-je sans y croire avant de monter dans la Nissan et de refermer la portière.

Malgré la chaleur, je ne baissai pas la vitre. J'adressai à ma cousine un dernier signe de la main et tournai la clé pour allumer le moteur. Je sentis sur mon visage le souffle de la climatisation. Je regardai vers l'arrière pour manœuvrer.

Après avoir reculé, je fis un demi-tour et redescendis en direction du chemin cahoteux, guettant, dans le rétroviseur central, la silhouette de ma cousine qui regardait la voiture s'éloigner, immobile, les bras croisés dans une posture de reproche. J'aurais aimé lui conseiller de tourner la page, mais, de ce ton glacial qu'elle pouvait avoir lorsqu'on évoquait certains sujets, elle m'aurait demandé quelle page. Quelle page, Laurent, veux-tu que je tourne ?

Je n'eus pas envie de rentrer tout de suite au hameau. Je repris, à droite, le chemin du village et garai la voiture près de la place. Je traversai à pied la rue principale en direction du café des Alliés.

En entrant, je fus frappé par le silence qui régnait à l'intérieur. Il n'y avait que deux clients, l'un près du zinc, et l'autre, assis dans le fond de la salle, un béret noir enfoncé sur la tête. Le patron m'interrogea du regard.

Un café, dis-je en m'approchant du comptoir.

Il déposa une coupelle devant moi, une cuillère et un sachet de sucre, puis se tourna et dévissa d'un coup sec le porte-filtre, le vida pour le remplir aussitôt avant de le revisser à la machine.

Personne ne se parlait depuis que j'étais entré. Sans doute s'étaient-ils tus en me voyant. Ils devaient savoir que j'étais le neveu de Roland Malèvre.

On entendit le bruit du percolateur.

Je pivotai vers l'homme au béret noir, qui faisait semblant de ne pas me voir. Le menton baissé, un stylo à la main, il se concentrait sur le journal qui était ouvert devant lui. Il avait l'air de remplir une grille de mots croisés. De temps en temps, il relevait la tête et se mordillait la lèvre inférieure pour réfléchir. Tout au fond de la salle, un long miroir agrandissait la perspective, et je pouvais voir l'autre client, accoudé au comptoir, qui, lui, me scrutait sans savoir que moi aussi je pouvais le voir. Derrière moi, le patron déposa la tasse sur la soucoupe. Je me tournai et le remerciai. C'était un homme sec, aux joues creuses et aux longs cheveux de jais. Au-dessus de lui, des coupes argentées étaient alignées sur une planche. Plus loin, sur le mur, un fanion de l'équipe locale de football était accroché. Après qu'il m'eut servi, il s'éloigna vers l'autre bout du comptoir. Je pris le sachet de sucre, le tournai et le retournai sans l'ouvrir. Je me souvenais qu'à la campagne les matinées passaient vite, mais les après-midi étaient plus lents. Le temps pouvait s'arrêter, ça ne me dérangeait pas. J'étais mieux loin du hameau, je respirais davantage. Je repensai pourtant à ce que Lucie avait dit. Je me répétais ses mots. Elle m'avait trouvé préoccupé. C'était ma crainte depuis le départ, que tout se lise sur mon visage. Je bus mon café et demandai au patron si je pouvais utiliser les toilettes. Il m'indiqua, d'un geste, une porte vers le fond de la salle.

Je fis couler l'eau du robinet et, à l'aide d'une savonnette plate et dure, je me lavai les mains. Je ne pus éviter mon visage dans le miroir. Il était impavide, inexpressif. C'était à peine le mien. Je veux dire qu'il avait beaucoup changé ces dernières années. Je devais, parfois, faire un effort pour me reconnaître.

En revenant dans la salle, je repris ma place et consultai mon téléphone. L'écran affichait le nouvel appel en absence de Luc. Ce n'était pas bon signe qu'il ait de nouveau cherché à me joindre, mais c'était compréhensible qu'il s'inquiète pour sa sœur.

Je payai.

En sortant, je profitai d'une meilleure qualité du réseau pour le rappeler. J'approchai l'appareil de mon oreille. J'entendis les sonneries dans le vide, puis la voix de Luc.

Allô ? Laurent ? Tu as des nouvelles ?

Aucune, dis-je.

Je m'inquiète, dit-il.

Je t'entends mal, dis-je.

Constance n'a pas appelé notre mère pour son anniversaire.

Je ne t'entends pas du tout, dis-je, et je raccrochai.

III

On entendait les mouches voler dans la maison. Elles se collaient aux vitres et bourdonnaient derrière les rideaux, nerveuses comme avant un orage. J'avais déposé les provisions et les boîtes de médicaments sur la longue table de la cuisine. Dans le salon non plus, il n'y avait personne. La cheminée était éteinte, mais il restait dans l'âtre, au milieu d'un tas de cendres froides, une bûche calcinée qui dégageait une odeur de fumée. Je pris les deux verres à liqueur qui traînaient sur la table basse et la bouteille que nous avions ouverte la veille avec Claire, puis je retournai dans la cuisine. Dans le doute, je vidai le reste de vin de noix dans l'évier. Je regardai le liquide noir et sirupeux se déverser. Je m'emparai ensuite des boîtes de médicaments que Lucie m'avait données et décidai de les jeter aussi. Je consultai ma montre. Claire avait été malade toute la nuit et s'était recouchée lorsque j'étais parti au village. Elle devait encore dormir.

Je montai à l'étage sans faire de bruit. Je

l'appelai, à voix basse, puis, en l'absence de réponse, poussai la porte entrouverte de sa chambre. Le couvre-lit était très légèrement enfoncé à l'endroit où elle avait dormi, et il flottait dans la pièce un délicat parfum sucré, qui n'était d'ailleurs pas à proprement parler un parfum, mais un subtil mélange féminin, une douce fragrance de crème, de lait, d'amande et de fleurs. Je ne remarquai rien de particulier autour de moi. Sa valise était ouverte, où l'on pouvait voir des chaussures à talons et des spartiates à lanières entrecroisées, quelques chemisiers épars et une grosse trousse de toilette. Une serviette éponge était posée, ainsi que ses vêtements de la veille, sur le dossier d'une chaise. Je me sentis gagné par une appréhension confuse, comme si l'absence de Claire annonçait l'imminence d'une chose néfaste.

Peu après, je remontai à pied le chemin tordu en direction de la maison de mon oncle, que je contournai cette fois par la droite, juste après le noyer. Dans la véranda, l'air était étouffant, appesanti par les relents des détritus qui fermentaient dans le cageot, des déchets organiques qui avaient été ajoutés au monticule d'épluchures de pommes de terre, des pelures d'oignons, des coquilles d'œufs et du marc de café. J'écartai les lanières de plastique multicolores du rideau de porte et entrai sans frapper.

Tiens, c'est toi, dit ma mère.

Elle se tenait debout devant un lapin. Le pelage gris de l'animal était étendu dans toute sa longueur sur une planche à découper. Ses oreilles étaient dressées, et ses yeux noirs, ouverts comme s'il vivait encore, fixaient le vide.

Je ne sais plus si tu aimes le lapin, me demanda-t-elle tout en sortant d'un tiroir un long couteau de cuisine.

Je haussai les épaules, puis lui demandai si elle n'avait pas vu Constance.

Constance ? Non. Tu l'as déjà perdue ?

Elle s'approcha de la bête inanimée, qu'elle manipula, tourna et retourna, avant de pratiquer dans le pelage une incision au niveau du dos, une fine entaille, nette, dans laquelle, après avoir reposé la lame, elle enfonça les doigts. Des deux mains, elle fouilla rapidement dans la fourrure comme si elle allait extraire quelque chose par la fente qu'elle venait de faire, puis, d'un coup sec, elle décolla la peau, la divisant en deux parties bien distinctes d'un geste franc, laissant soudain apparaître le corps à vif du quadrupède fraîchement dépouillé, dont les muscles lisses et luisants étaient d'un affreux rose violacé.

Elle a dû aller se promener pendant que tu étais au village, poursuivit-elle.

Ma mère savait donc que j'étais descendu au village. Avait-elle entendu la voiture ?

Tu es allé voir ta cousine ? Elle a encore dit du mal de moi ?

Je ne répondis pas.

Je me demandais si ma mère avait vu Claire et si elle refusait de me dire où elle était. Par transparence, on devinait tout un réseau de veines et de fibrilles rouges sous la chair du lapin. En revanche, on ne pouvait plus voir la tête, recouverte par la peau invaginée.

Ma mère se saisit à nouveau du couteau et trancha sans hésiter, avec une précision de hachoir, le cou du lapin, et il se répandit aussitôt un mince filet de sang presque noir sur le bois de la planche à découper.

Et Roland ? dis-je.

Quoi, Roland ?

Il n'est pas là ?

Je ne sais pas où il est, s'agaça ma mère, laisse un peu ton oncle tranquille, il a le droit de faire sa vie.

Elle se retourna et jeta la tête dans un sac plastique. Elle reposa la lame à côté de la planche et finit de retirer manuellement la peau restée coincée au niveau des pattes arrière et des pattes avant, forçant davantage à l'endroit des articulations et de la queue, parvenant à la déchirer comme on déchire un vêtement, dans un bruit de tissu qu'on lacère, si bien qu'il ne resta bientôt plus, sur la planche, qu'un morceau de viande nue.

Bon, si tu vois Constance, dis-lui que je la cherche.

On aurait cru entendre Luc.

Et elle, elle aime le lapin ? me demanda ma mère en s'emparant d'un torchon, avant de chasser, d'un coup sec, une mouche qui venait de se poser sur le maigre corps écorché.

En sortant de la véranda, j'entendis des voix. Elles provenaient de l'ancien poulailler. Sans bien comprendre ce qui se disait, je me laissai guider, à l'oreille, jusqu'à un passage étroit situé à l'arrière du hangar. Ils étaient tous les deux là.

Tiens, qui voilà, dit Roland.

Claire se tourna et me vit.

Hé, qu'est-ce que tu fais là ? demanda-t-elle.

Ses joues s'étaient empourprées comme si elle était prise en faute.

Je te cherchais, dis-je. Tu vas mieux ?

Oui, ça va, dit-elle.

J'expliquai à mon oncle qu'elle avait été malade cette nuit.

Je sais, dit-il.

J'ajoutai que j'étais passé à la pharmacie.

À Verrières ? s'étonna-t-il.

Non, dis-je, c'était trop tard pour aller à Verrières.

Sans plus d'explication, je fronçai les sourcils. Il y avait derrière eux, dans le passage, des cagettes et des cartons empilés, et il flottait une odeur de fruits pourris qui rappelait celle de la véranda.

J'étais en train de lui montrer les lapins, me dit mon oncle.

Je sentais qu'il cherchait à se justifier. En mon absence, il avait l'air d'avoir instauré un rapport nouveau avec Claire. Je me penchai maintenant pour inspecter les clapiers devant lesquels nous nous tenions. À l'intérieur, il ne restait que de la paille et, çà et là, de minuscules crottes sèches et globuleuses. Des lambeaux rabougris de laitue en décomposition étaient coincés entre les grilles. Je me demandai si ma mère venait de tuer leur dernier lapin. Et ce que mon oncle, par conséquent, pouvait bien montrer à Claire.

Nous allions chercher des champignons, dit mon oncle. Tu viens avec nous ?

L'épagneul avançait devant, en éclaireur, zigzaguant entre les flaques qui dessinaient des sortes de miroirs très plats et très lisses sur le chemin défoncé. Sans prévenir, Roland, qui jusque-là s'aidait d'un bâton pour marcher, se fraya soudain un passage entre des fougères, et nous nous enfonçâmes à sa suite, Claire et moi, dans un sous-bois où la nature exhalait une odeur d'humus et de feuilles pourrissantes. Des branches et des brindilles se cassaient en craquant sous nos chaussures. Les arbres, bientôt, se resserrèrent. Des souches commencèrent à affleurer, ainsi que des proéminences rocheuses qui sortaient de terre, au milieu du sol cuivré, telles des stèles couvertes de mousse bouclée. Le chien de mon oncle courait maintenant dans tous les sens, furetant autour de nous, excité par tout cet espace qui s'ouvrait devant lui, voulant aller partout à la fois, disparaissant derrière des fourrés, puis reparaissant ailleurs, haletant.

Nous cheminâmes ainsi le long d'un étroit

sentier, qui finit par s'estomper en se subdivisant entre les arbres en de simples ramifications, des veinules de terre qui bientôt disparurent. Tout se densifiait, et il fallut nous baisser pour éviter une branche, nous relever pour en écarter une autre en prenant garde à la maintenir levée pour ne pas la relâcher sur celui qui nous suivait. Claire, un panier en osier à la saignée du coude, avait noué son pull autour de la taille. Sous les frondaisons, ses cheveux s'assombrissaient et prenaient des nuances feuilles mortes. Elle avait déjà le front et le visage rosis par l'effort. Peut-être était-elle encore affaiblie par la mauvaise nuit qu'elle avait passée.

Nous suivions mon oncle qui avait l'air de savoir où il allait. Pour l'imiter, j'avais ramassé un long bout de bois semblable au sien, suffisamment droit et ferme pour y prendre appui et grâce auquel, tout en continuant d'avancer, je soulevais çà et là les feuilles tombées des arbres, mêlées à des grumeaux de terre humide. Je me tournai pour attendre Claire. Elle prenait du retard maintenant. Je n'avais pas envie qu'elle se perde. Je profitai d'être éloigné de mon oncle pour lui demander, lorsqu'elle m'eut rejoint, si tout allait bien.

Oui, dit-elle, mais elle manqua aussitôt de glisser, car son pied venait de s'enfoncer dans un trou. Elle serait sans doute tombée si je n'étais parvenu de justesse à la retenir par la main. Sa paume et ses doigts étaient chauds et un peu moites. Tu ne t'es pas fait mal ? Elle souleva sa cheville et dessina des cercles pour vérifier qu'elle pouvait la bouger. Je crois que ça va, dit-elle.

On se remit en marche.

Plus loin, au pied d'un chêne, j'aperçus enfin un îlot isolé de champignons safran, qui s'ouvraient en calice avec un bord ondulé, presque flétri. J'en touchai un avec l'extrémité du bâton.

Qu'est-ce que c'est ?

J'évaluai la consistance à distance avec mon bout de bois.

Des chanterelles, dis-je.

Cette fois, mon oncle avait dû sentir qu'on s'était arrêté. Il se retourna.

Hé, qu'est-ce qui se passe ?

Laurent a trouvé des chanterelles, cria Claire.

Roland rebroussa chemin de mauvaise grâce. Ses pieds foulaient le parterre de feuilles mortes. Parvenu jusqu'à nous, il s'agenouilla pour examiner de plus près les champignons ocre à nos pieds.

Ça ? dit-il.

Il n'avait pas l'air d'y croire.

Non, conclut-il, ça ne se mange pas.

Ce ne sont pas des chanterelles ?

Il hocha négativement la tête. Je finis par me

demander s'il s'y connaissait vraiment en champignons.

J'aurais pourtant parié, dis-je.

Hé non, tu vois bien, dit-il sans autre explication.

Il se releva et recommença à avancer au hasard.

Par là, dit-il en ralentissant soudain, on devrait en trouver.

Sur ses conseils, nous nous dispersâmes en étoile. On sentait qu'on n'était pas loin. Je marchais en regardant par terre avec une attention soutenue. On aurait pu croire que j'avais perdu quelque chose, que j'essayais de retrouver. À ce moment, je sentis à nouveau mon téléphone vibrer dans ma poche. Je ne sortis pas l'appareil, car je savais très bien qui m'appelait. Je continuai à avancer, puis les vibrations du téléphone cessèrent.

Autour de moi, il n'y avait plus personne.

Que des arbres.

Je décidai de retourner sur mes pas en prenant garde de suivre le même axe qu'à l'aller, mais en sens opposé pour ne pas me perdre. Or, à force de marcher, il fallut me rendre à l'évidence. Rien ne ressemblait plus à un arbre qu'un autre arbre. Autrement dit, j'avais beau regarder autour de moi, je n'étais plus du tout certain d'être déjà passé par là.

Roland ?

Ma voix ne trouva aucun écho. Au contraire, elle se dispersa en se volatilisant. J'attendis, puis répétai, plus fort, le prénom de mon oncle, auquel ne répondit, cette fois encore, que le bruissement du feuillage dans les arbres.

Claire ?

Hé, répondit soudain mon oncle, on est là.

Je ne les voyais pas encore, mais la voix provenait de la gauche. Je me dirigeai vers elle en me penchant à nouveau afin d'éviter des branches. Certaines, les plus sèches, se cassaient, tandis que mes pas continuaient d'écraser, au sol, des bouts de bois mort. Je le vis enfin et j'entendis la terre qui se mouillait à ses pieds. Debout, les jambes écartées, Roland était en train de pisser à long jet.

Tu as trouvé quelque chose ?

Rien, dis-je, et vous ?

Des trompettes de la mort, dit-il, mais elles ne sont pas très grosses.

Il se retourna et finit de se reboutonner devant moi. Je me demandais s'il m'avait entendu appeler Claire Claire.

Tu as vu Constance ?

Il regarda autour de lui, sembla hésiter sur une direction à me montrer.

Elle est par là-bas, dit-il en m'indiquant un chemin droit devant lui. Elle a trouvé des cèpes, ajouta-t-il.

Il ramassa le panier que Claire avait abandonné sur une pierre plate et m'en montra le contenu.

Regarde, dit-il.

À l'intérieur, posés sur un lit de journal à côté de deux beaux cèpes, je vis une vingtaine de champignons noirs aux bords festonnés, en forme d'entonnoir.

Venez voir.

C'était, cette fois, la voix de Claire. L'appréhension qui me saisit, en l'entendant, fut renforcée par l'odeur de fumier ou de purin qui s'était mise à flotter dans l'air. Nous pressâmes le pas.

Claire se tenait debout à côté d'un arbre. Je me demandai ce qu'elle avait trouvé, ce qu'elle regardait.

Je m'approchai.

Diane, va-t'en, dit mon oncle pour empêcher son chien, qui était donc une chienne, de renifler la charogne.

Claire cachait son nez dans sa main.

Qu'est-ce que c'est ?

Hé, c'est un chien, dit Roland.

Je fixai la gueule ouverte de l'animal, ses pattes roides, figées en l'air.

La décomposition est très avancée, commenta Roland. Ça doit faire longtemps qu'il est là.

En effet, le ventre de la charogne était ouvert, dépecé ou rongé, pourrissant dans un bourdonnement sourd de mouches sombres. Je ne dis pas qu'il y en avait, des mouches, mais je croyais les entendre. En m'approchant, je craignis même de voir la carcasse grouiller d'insectes fourmillants, des vers ou des larves en train de se nourrir avec frénésie de cette matière organique en putréfaction, s'agitant là, morbides et vivants à la fois. Mais non. Il n'y avait rien. Plus aucun signe de vie. La charogne était sèche comme du carton. Mon oncle se baissa en fléchissant les jambes.

C'est Flix, dit-il.

Flix ?

Je l'ai cherché longtemps, dit Roland après un silence. Il s'était enfui. Il devait être malade.

J'entendis soudain un sifflement dans mon oreille. Je fermai les yeux. Je repensai à la dernière fois que j'avais vu Constance.

Après l'avoir éventrée en laissant glisser le curseur le long des dents métalliques de la fermeture Éclair, j'avais déposé la housse sur le lit. J'en avais délicatement extrait mon costume et tenais le cintre à bout de bras pour le contempler un instant à distance avant de le passer. C'était un costume neuf bien ajusté, d'un bleu cobalt profond. Je l'avais acheté spécialement pour le mariage de Lucie.

Je relevai le col rigide de ma chemise – une chemise d'un blanc lilial, parfaitement repassée – et me saisis de ma cravate avant de me rendre compte qu'il n'y avait pas de miroir dans la chambre. Ma cravate à la main, je sortis donc en chaussettes et, dans le couloir, demandai à Claire, en me dirigeant vers sa chambre, si je pouvais entrer un instant.

Oui, dit-elle, c'est ouvert.

Sa porte était entrebâillée. Je la poussai et vis qu'elle était déjà en tenue elle aussi, debout devant l'armoire à glace. Elle se regardait.

Qu'est-ce que tu en penses ?

C'est chic, dis-je.

Sa robe était à la fois courte et cintrée, sans manches, mais avec un col montant. Elle paraissait simple, bien qu'ouvrée de broderies et ornée d'un plastron plissé sur le devant.

Ça te plaît ?

Un peu trop, pensai-je.

Elle réajusta le devant pour donner de l'air à sa poitrine.

C'est serré, dit-elle comme si elle étouffait, puis elle pivota pour voir le dos de la robe. Ce n'est pas trop court ?

Je me rapprochai, mais n'osai la regarder directement. Non, c'est très bien, dis-je en me contentant de son reflet dans le miroir. Avec son tain moucheté d'éclats de mercure écaillé, piqué de taches grises, la glace fixée sur la porte de l'armoire avait des allures de daguerréotype. Nous ressemblions à deux jeunes mariés qui s'apprêtent à poser devant l'objectif d'un photographe.

On est beau, plaisanta-t-elle en me prenant le bras.

Je me dégageai de son étreinte. Je n'aimais pas qu'on entre en contact avec moi sans y être préparé. Claire me dévisagea. Je lui souris. Je préférais garder mes distances, d'autant que j'étais frappé par sa beauté depuis que j'étais entré dans sa chambre et l'avais découverte avec ses cheveux entrelacés en une longue tresse. Constance aussi se coiffait comme ça, je me souvenais d'elle devant le miroir de la salle de bains, nattant ses mèches tout en me parlant. À côté, je me trouvais ridicule dans mon costume bleu, mais je me dis que c'était peut-être parce que j'étais encore en chaussettes.

Je passai ma cravate autour du col de ma chemise, avant de croiser les deux bandes d'étoffe, dans un sens, puis dans l'autre. Je ne savais plus comment faire. Claire proposa de m'aider.

Si tu veux, dis-je après un moment d'hésitation, et je relevai le menton. Je la laissai faire. Je sentais son parfum. Un parfum à la fois floral et fruité. Avec une note de vanille, peut-être. Les bourdonnements dans mon oreille ne m'avaient plus quitté depuis notre promenade en forêt. Mais je préférais ne pas en parler. Je gardais la tête haute. Je ne savais pas trop ce qu'elle fabriquait.

C'est bon, finit-elle par dire. Je me tournai pour me regarder à nouveau dans la glace, recentrant pour la forme le nœud de la cravate.

C'est parfait, dis-je.

Je ne savais si c'était dû à sa tenue ou à sa coiffure, mais, derrière moi, le visage de Claire semblait avoir des reliefs nouveaux. Je fermai les yeux.

Tout va bien, Laurent ?

Je les rouvris.

Oui, exagérai-je. Je me chausse et on y va ?

Tu es pâle, dit-elle.

C'est rien, dis-je, c'est cette chaleur. On étouffe.

Tu es en nage, me fit-elle remarquer.

Ce n'est rien, je te dis.

Je sortis dans le couloir. Cravaté, je regagnai ma chambre, en chaussettes, et m'assis sur le lit. Je fermai à nouveau les yeux en inspirant profondément. Des images me revenaient. Je m'en serais bien passé.

Je me penchai et commençai à enfiler mes chaussures, puis les laçai. Elles étaient neuves. Le cuir était d'un havane clair, lustré et brillant.

J'avais encore plus de mal à respirer avec la cravate, et l'air était redevenu lourd et moite comme avant un orage. Je sentais des gouttelettes de transpiration perler mon front, que j'essuyai du revers de la main. Ouvrir la fenêtre n'aurait pas suffi.

Mon regard fut attiré par le parcours d'une mouche qui se déplaçait en zigzaguant dans la pièce avec une lenteur bienveillante. Elle dessinait des sortes de carrés dans l'air, des lignes brisées qui formaient des angles, tantôt saillants, tantôt rentrants, comme si elle cherchait désespérément une issue. Je me relevai et demandai à Claire si elle était prête.

Elle ne répondit pas. Je crus qu'elle ne m'avait pas entendu.

Il faut y aller, dis-je en traversant le couloir, et je poussai la porte de sa chambre pour voir où elle en était.

Elle était assise sur le lit et fixait l'écran de son téléphone.

Il y a un problème ?

Non, non, dit-elle en se relevant, je suis prête.

J'eus la certitude, à cet instant, qu'elle me cachait quelque chose.

On t'a écrit un message ?

Non, dit-elle.

C'est qui ?

Elle attendit avant de répondre.

Personne, dit-elle.

Pourquoi tu ne veux pas me dire qui t'a écrit ?

Laurent, tu te sens bien ?

Si c'est Luc, tu peux me le dire, dis-je plus calmement.

Pourquoi Luc m'aurait-il écrit un message ? Laurent ? Il n'a même pas mon numéro.

Je ne voulais pas lui faire peur, et encore moins lui faire de mal, mais j'avais besoin de vérifier qu'elle ne me mentait pas.

Montre-moi ton téléphone, dis-je.

Laurent, dit-elle, je n'aime pas quand tu es comme ça.

Comme ça ? Je ne voyais pas ce qu'elle voulait dire. Je tentai de m'emparer de son téléphone, mais elle retira sa main au dernier moment. Je fus alors pris d'un vertige. Je me sentis étourdi par ce bourdon sourd dans ma tête. Mes idées se brouillèrent. Comme la dernière fois. Comme la dernière fois que tu as vu Constance, songeai-je. Et maintenant tu ne sais même plus où elle est. J'essayai de me reprendre. De remettre un peu d'ordre dans mes pensées. Tu en es capable, me dis-je. J'eus envie de me gifler de me parler comme ça. Ou de cogner contre quelque chose.

Soudain, je tendis l'oreille.

J'avais bien entendu.

On venait de toquer trois coups, en bas, avec le heurtoir contre la porte.

On venait nous chercher.

Attends-moi, dis-je à Claire. Ne bouge pas.

Mon oncle se tenait devant moi, endimanché dans un costume mal coupé. Derrière lui, sa vieille Renault blanche, au milieu du chemin, tournait moteur allumé et portière ouverte. Je vis la silhouette de ma mère derrière les reflets du pare-brise. Elle était assise à la place du mort.

Alors, me demanda Roland, vous êtes prêts ? Tu es blanc, ajouta-t-il aussitôt.

C'est la chaleur, dis-je.

Tu trouves qu'il fait chaud ?

Il devait sortir de la douche. Ses cheveux étaient encore humides et coiffés en arrière. Ils portaient la trace très régulière des sillons du peigne. Il s'était rasé de près et sentait le parfum lui aussi, mais une eau de Cologne bon marché, très musquée.

Claire finit de s'habiller, dis-je.

Claire ?

Constance, dis-je.

Mes oreilles se mirent à bourdonner avec

plus d'intensité. Je détournai le regard en direction du 4 × 4 de location, dont l'arrogante carrosserie métallisée brillait au soleil. J'aurais pu partir, là, tout de suite. Mais pour aller où ?

On vous rejoindra, dis-je pour me laisser le temps de voir venir.

À cet instant, la portière passager s'ouvrit et ma mère sortit de la voiture.

Alors ? Qu'est-ce que vous faites ? On va être en retard.

Elle portait un tailleur gris et, sur la tête, un chapeau garni d'une austère voilette en tulle mouchetée de pois noirs qui lui endeuillait le visage. Je me demandai si c'était vraiment pour mon oncle que j'étais revenu ici. Si je n'étais pas, en vérité, venu quérir un impossible réconfort auprès de ma mère. J'avais beau avoir été tenu loin d'elle, malgré moi je lui ressemblais.

Ne tardez pas trop, me conseilla Roland sans véritable émotion dans la voix, puis il me tourna le dos. Il regagna lentement sa voiture, en baissant la tête, cependant que ma mère continuait de me dévisager derrière sa voilette.

Vous ne venez pas ? lança-t-elle.

Ils vont prendre leur voiture, expliqua Roland.

Elle me défia une dernière fois du regard, hochant la tête, comme si elle avait très bien compris que je n'assisterais pas au mariage de ma cousine, puis elle s'engouffra dans la Renault en claquant violemment la portière.

À l'instant où la voiture démarra, je regardai mon oncle en levant la main, sans très bien savoir si je lui disais au revoir pour toujours. Je desserrai ensuite le nœud de ma cravate. Le col empesé de ma chemise m'étranglait de plus en plus. Je repensai à Luc et aux recherches qu'il avait dû lancer maintenant. Peut-être avait-il signalé la disparition de sa sœur à l'heure qu'il était.

Je retirai la cravate sans la dénouer complètement, en la faisant passer par-dessus ma tête. Lucie devait attendre, radieuse sur le perron de la mairie, dans une robe bouffante et vaporeuse en taffetas blanc, un bouquet ivoire à la main. Nous chercherait-elle parmi les invités massés sous les platanes ? En épousant Pierre, elle se débarrasserait de ce nom poisseux qu'était devenu Malèvre. Il faut dire que ma mère le portait encore, ce nom, comme si elle était mariée à mon oncle. Je songeai à mon prénom. Je me rappelais m'être demandé, plus jeune, si c'était elle qui l'avait choisi. Sa proximité phonique avec celui de mon oncle sonnait comme un aveu. Laurent, Roland. Est-ce qu'à ma naissance ma mère pensait déjà au frère de mon père ?

Je remontai à l'étage et poussai la porte de la chambre à fleurs. Ils sont partis, dis-je.

Ma cravate à la main, j'allai m'asseoir sur le lit. Le visage de Claire s'était durci. Elle avait l'air de ne plus rien comprendre. À mes pieds, sa valise était ouverte et ses vêtements roulés en boule à l'intérieur.

Tu comptais t'en aller ?

Elle ne répondit pas à ma question. Je me sentais faible et peu fiable.

Laurent, dit-elle, il faut que tu me parles.

Sa voix aussi était maintenant plus dure.

Laurent, répéta-t-elle. Où est Constance ?

Je la regardai, puis baissai la tête. Elle venait de faire mouche.

Je ne sais pas, dis-je.

Je ne mentais pas. Mais comment lui expliquer ? Comment lui expliquer que nous nous étions disputés, Constance et moi. Que je l'avais bousculée. Que j'avais dû louer cette grosse voiture et que j'avais avancé au hasard, dans la nuit, jusqu'à cette forêt non loin de Paris. Mais où, exactement ? J'étais incapable, aujourd'hui, de me rappeler avec précision où j'avais creusé le trou.

CET OUVRAGE A ÉTÉ ACHEVÉ D'IMPRIMER LE DEUX JUIN DEUX MILLE VINGT ET UN DANS LES ATELIERS DE NORMANDIE ROTO IMPRESSION S.A.S. À LONRAI (61250) (FRANCE)
N° D'ÉDITEUR : 6752
N° D'IMPRIMEUR : 2101766

Dépôt légal : septembre 2021

DANS LA COLLECTION "DOUBLE"

Henri Alleg, *La Question.*
Vincent Almendros, *Un été.*
Vincent Almendros, *Faire mouche.*
Yann Andréa, *M. D.*
Pierre Bayard, *L'Affaire du chien des Baskerville.*
Pierre Bayard, *Enquête sur Hamlet.*
Pierre Bayard, *Qui a tué Roger Ackroyd ?*
Pierre Bayard, *La Vérité sur "Ils étaient dix".*
Samuel Beckett, *L'Innommable.*
Samuel Beckett, *Malone meurt.*
Samuel Beckett, *Mercier et Camier.*
Samuel Beckett, *Molloy.*
Samuel Beckett, *Oh les beaux jours.*
Samuel Beckett, *Watt.*
François Bon, *Sortie d'usine.*
Michel Butor, *L'Emploi du temps.*
Michel Butor, *La Modification.*
Éric Chevillard, *Les Absences du capitaine Cook.*
Éric Chevillard, *Du hérisson.*
Éric Chevillard, *La Nébuleuse du crabe.*
Éric Chevillard, *Oreille rouge.*
Éric Chevillard, *Palafox.*
Éric Chevillard, *Ronce-Rose.*
Éric Chevillard, *Le Vaillant petit tailleur.*
Julia Deck, *Viviane Élisabeth Fauville.*
Julia Deck, *Propriété privée.*
Charlotte Delbo, *Auschwitz et après I. Aucun de nous ne reviendra.*
Charlotte Delbo, *Auschwitz et après II, III. Une connaissance inutile, Mesure de nos jours.*
Marguerite Duras, *Détruire dit-elle.*
Marguerite Duras, *Emily L.*
Marguerite Duras, *L'Été 80.*
Marguerite Duras, *Moderato cantabile.*
Marguerite Duras, *Savannah bay.*
Marguerite Duras, *Les Yeux bleus cheveux noirs.*
Marguerite Duras, Xavière Gauthier, *Les Parleuses.*
Marguerite Duras, Michelle Porte, *Les Lieux de Marguerite Duras.*
Tony Duvert, *L'Île Atlantique.*
Jean Echenoz, *Au piano.*
Jean Echenoz, *Cherokee.*
Jean Echenoz, *Envoyée spéciale.*

Jean Echenoz, *L'Équipée malaise.*
Jean Echenoz, *Les Grandes Blondes.*
Jean Echenoz, *Je m'en vais.*
Jean Echenoz, *Lac.*
Jean Echenoz, *Nous trois.*
Jean Echenoz, *Un an.*
Paul Éluard, *Au rendez-vous allemand suivi de Poésie et vérité 1942.*
Christian Gailly, *Be-Bop.*
Christian Gailly, *Dernier amour.*
Christian Gailly, *Les Évadés.*
Christian Gailly, *Les Fleurs.*
Christian Gailly, *L'Incident.*
Christian Gailly, *K.622.*
Christian Gailly, *Nuage rouge.*
Christian Gailly, *Un soir au club.*
Anne Godard, *L'Inconsolable.*
Bernard-Marie Koltès, *Une part de ma vie.*
Hélène Lenoir, *L'Entracte.*
Hélène Lenoir, *Son nom d'avant.*
Robert Linhart, *L'Établi.*
Laurent Mauvignier, *Apprendre à finir.*
Laurent Mauvignier, *Autour du monde.*
Laurent Mauvignier, *Continuer.*
Laurent Mauvignier, *Dans la foule.*
Laurent Mauvignier, *Des hommes.*
Laurent Mauvignier, *Loin d'eux.*
Laurent Mauvignier, *Voyage à New Delhi.*
Laurent Mauvignier, *Histoires de la nuit.*
Marie NDiaye, *En famille.*
Marie NDiaye, *Rosie Carpe.*
Marie NDiaye, *La Sorcière.*
Marie NDiaye, *Un temps de saison.*
Christian Oster, *Loin d'Odile.*
Christian Oster, *Mon grand appartement.*
Christian Oster, *Une femme de ménage.*
Robert Pinget, *L'Inquisitoire.*
Robert Pinget, *Monsieur Songe suivi de Le Harnais et Charrue.*
Yves Ravey, *Enlèvement avec rançon.*
Yves Ravey, *La Fille de mon meilleur ami.*
Yves Ravey, *Un notaire peu ordinaire.*
Yves Ravey, *Trois jours chez ma tante.*
Alain Robbe-Grillet, *Djinn.*

Alain Robbe-Grillet, *Les Gommes.*
Alain Robbe-Grillet, *La Jalousie.*
Alain Robbe-Grillet, *Pour un nouveau roman.*
Alain Robbe-Grillet, *Le Voyeur.*
Jean Rouaud, *Les Champs d'honneur.*
Jean Rouaud, *Des hommes illustres.*
Jean Rouaud, *Pour vos cadeaux.*
Nathalie Sarraute, *Tropismes.*
Eugène Savitzkaya, *Exquise Louise.*
Eugène Savitzkaya, *Marin mon cœur.*
Inge Scholl, *La Rose Blanche.*
Claude Simon, *L'Acacia.*
Claude Simon, *Les Géorgiques.*
Claude Simon, *L'Herbe.*
Claude Simon, *Histoire.*
Claude Simon, *La Route des Flandres.*
Claude Simon, *Le Tramway.*
Claude Simon, *Le Vent.*
Jean-Philippe Toussaint, *L'Appareil-photo.*
Jean-Philippe Toussaint, *Autoportrait (à l'étranger).*
Jean-Philippe Toussaint, *Faire l'amour.*
Jean-Philippe Toussaint, *Fuir.*
Jean-Philippe Toussaint, *La Salle de bain.*
Jean-Philippe Toussaint, *Nue.*
Jean-Philippe Toussaint, *La Télévision.*
Jean-Philippe Toussaint, *L'Urgence et la Patience.*
Jean-Philippe Toussaint, *La Vérité sur Marie.*
Tanguy Viel, *L'Absolue Perfection du crime.*
Tanguy Viel, *Article 353 du code pénal.*
Tanguy Viel, *Cinéma.*
Tanguy Viel, *La Disparition de Jim Sullivan.*
Tanguy Viel, *Insoupçonnable.*
Tanguy Viel, *Paris-Brest.*
Antoine Volodine, *Lisbonne, dernière marge.*
Antoine Volodine, *Le Port intérieur.*
Elie Wiesel, *La Nuit.*
Monique Wittig, *Les Guérillères.*
Monique Wittig, *L'Opoponax.*